为了逝去的
青春

闵凡利 著

当代名家
精品 必读散文

他给我们诠释了生命的迷惘与希望，

剖析了疼痛的根源，开示了人生的禅机与觉悟。

其作品的打击力直抵心灵，绽放着感染和感动。

知识出版社

图书在版编目（CIP）数据

为了逝去的青春/闵凡利著．—北京：知识出版社，
2016.3

（中国当代名家精品必读散文）

ISBN 978-7-5015-9000-1

Ⅰ.①为… Ⅱ.①闵… Ⅲ.①散文集—中国—当代
Ⅳ.①I267

中国版本图书馆 CIP 数据核字(2016)第 040811 号

总 策 划 张海君 李 文
执行策划 马 强
责任编辑 梁嬿曦 马 跃
封面设计 君阅书装

知识出版社出版发行
地　　　址　北京市西城区阜成门北大街 17 号
邮政编码　　100037
电　　　话　010-88390732
网　　　址　http://www.ecph.com.cn
印　刷　厂　河北锐文印刷有限公司
开　　　本　1/16
印　　　张　12
字　　　数　180 千
印　　　次　2016 年 3 月第 1 版 2018年11月第2次印刷

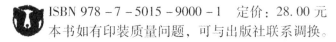

ISBN 978-7-5015-9000-1 定价：28.00 元
本书如有印装质量问题，可与出版社联系调换。

给孩子撒一次善良的谎

这是去年我在贵州开会时听到的一个故事。

说的是有两个人带着孩子去爬山。孩子没多大，八九岁的样子。山很高，都高到云里去了。两对父子爬啊爬，爬了很长时间，爬到筋疲力尽的时候，终于爬到了山顶。站在山顶上，看着远处的群山，一览众山小的感觉油然而生。两位父亲就觉得自己很了不起，就觉得自己像神仙一样端坐在云层里，四周是连连绵绵、苍苍茫茫的山，像山的海洋，浩浩荡荡，波澜壮阔，无边无际。看着山，两位父亲禁不住一阵悲哀，他们都意识到自己是这山的海洋里的一滴水珠，自己的一生也就是这山里的一株草或一块石头。

山的那边是什么？两位父亲都不知道。因为两位父亲都没有走出过山的海洋。

两个孩子都在望着山，望着山的尽处。两个孩子眼里都是一片新奇，一团疑问。

一个孩子问父亲：山的那边是什么？

父亲说：是山。

孩子又问：山的那那边呢？

父亲说：还是山。

孩子问：爸爸，你到过山的那边吗？

父亲摇了摇头说：不光我没到过，你的爷爷，你爷爷的爷爷也没到过。

孩子望着那层层叠叠的山，把眼都望累了。孩子低下了头。

另一个孩子也问父亲：山的那边是什么？

这个父亲就是我。我告诉儿子：是山。

孩子又问：山的那那边呢？有海吗？

孩子眼里充满了希望，那希望像春天刚刚发芽的草儿一样稚嫩，望着孩子那双纯净的眼睛，我只好对孩子说：有。

孩子问：海大吗？

我说：大。很大很大。

孩子问：海里有船吗？

我说：有。船很大很大，能装咱一寨子人呢！

孩子脸上露出了惊喜，接着问我：爸爸，山那边还有什么？

其实，我对山那边一无所知，山的那边对我来说是一个未知数。可望着孩子那双好奇的眼睛，我不忍伤害他，只好说：山那边什么都有，你能想到的有，你想不到的也有。

孩子望着云雾的深处，眼里流露出一种好奇和坚定。孩子说：爸爸，我长大了，一定要到山的那边去！……

30 年弹指一挥间。当年爬山的两位父亲都老了。有一次，我们又见面了。你满脸的沧桑，你看到我满面红光，很是羡慕，你问我：老哥，过得可好？

我说：好。你哪？

你说：你看我现在的样子，像个过好日子的人吗？

我摇了摇头。

你又问我：孩子怎样了？

我说孩子很好。现在在山那边的城市里做事，是一个公司的董事长。

我问你的孩子怎样了？

你把头低下了。你说现在和你一样，在家种地。你问我还记得咱们在一起爬山吗？

我说记得。我说我儿子能有今天多亏了那一次爬山。

你不明白。你说：那一次，可你给你儿子说的是谎话。你说山的那边怎样怎样，其实你是一次也没有出过山啊！

我说：是的。那次我给儿子说的是谎话。可正因为我给儿子说了谎话，才鼓起了儿子飞翔的翅膀，才让他的心走出了大山。

我对你说：我儿子常对我说，他能有今天，多亏了那一次爬山。是那一次爬山让他知道外面还有那么多的风景和美好。

你低下了头。你说我可是给孩子说的真话。你问我：难道我说真话错了吗？

我说：你没错，你是父亲，你怎能错了呢？

你说：我想不明白，我真的想不明白啊！

我说：你给孩子说了真话，可恰恰是这句真话，却把孩子想舒展的翅膀给折回了，把孩子本来属于天空的飞翔给击落了。我虽给孩子撒了谎，可我却鼓起了孩子的翅膀，把他飞翔的雄心交给了天空。我说：有时候，给孩子撒一次善良的谎，对孩子来说，不是坏事啊！

你说你明白了。你说明白的时候，眼里滚出了两滴泪。泪很大，很红。

我知道，那泪和我所说的谎话一样，都是亲亲的爱啊！

告诉你善良的价格

这是一个听来的故事。

说的是在一个暴风骤雨的夜晚，有一对老年夫妇来到了泰山脚下一个叫宾归的旅馆。两位老人要求住宿。当时值班的是一位年轻后生。后生很抱歉地对老人说：两位老人家，真对不起，我们这儿今天客满，没有一间空房子了。两位老人的脸上就写满了遗憾和失望。看到老人一身的疲惫和狼狈，后生又看看外面的风雨，外面的风雨正以雄壮的豪情挥洒着自己的疯狂。后生很是不安，便对两位老人说，今晚我值班，两位老人家若不嫌弃，就到我宿舍里将就一晚吧。两位老人就住进了后生的宿舍。第二天，两位老人要给后生付住宿费。后生说，老人家，我没能让你们住上舒适的地方，心里就很过意不去了，怎能再收你们的钱呢？后生说啥也没收。两位老人也没再推辞。只是牢牢地记住了这后生的名字和这家旅馆。

事情过去就过去了。后生还是在这家旅馆里当服务员。两年后，后生突然收到了一封信，也就是天上掉下了一个馅饼——让后生到省城里的一家大宾馆里当总经理。原来，那一对老年夫妇拥有着几千万元的资产，可老人膝下无儿无女，那次外出就是去寻找他们财产的继承人。自从在雨夜遇到了后生，两位老人就商定后生是最合适的人选，就拿出自己的全部财产修建了这家大宾馆。后生知情就推辞说自己不行，说我当个小服务员还行，当经理是不行的。老人说你行的，你一定行的。后生问老人为什么对自己这么肯定，老人说：因为你心地善良，善良无敌啊！

当我把这个故事讲给朋友们时，他们都嘲笑我，说那是哄小孩子的故事，你还信以为真。他们问我，你说说，善良值多少钱一斤？我答不上来。他们就开导我，什么时代了，你还搬着老皇历看？现在这社会，不管黑猫白猫，只要捉住老鼠的就是好猫。我说：无论如何，人是不能丢下善良的，那是我们做人的根本啊！他们都笑了。他们的笑让我对自己产生了怀疑，我是不是太迂腐了？

我和老婆说了这事。老婆说：你知道咱们家为什么这么穷，你为什么经常挨人家欺负吗？我摇了摇头。老婆说：要说你的人品和能力，比别人差也差不到哪里去，可你有一个致命的弱点，就是你善良啊！是善良让你变得单纯，变得软弱，变得人们不怕你，所以，谁都敢对你指手画脚啊！

我不赞成老婆的话。我又把"天上掉馅饼"的故事讲给了老婆。老婆听了说，这样的事太少了。我说：如果我们人人都善良了，这样的事就多了。

第二天，我和老婆都外出，可巧，那天我和老婆都做了一件善良的事。老婆把一个被人用车撞昏的女孩送进了医院；我呢，帮一位进城的老人找到了他的儿子。老婆回到家可气坏了。我问为什么。老婆说：怪不得人们说好心没好报，我把那个女孩送到医院，她家里来人了，硬说是我撞的。我说我不是。她们不信。说我要是没撞，怎会那么好心？没办法，我只好给交了医药费。老婆说：如果女孩醒来再说是我撞的，那我可是跳进黄河也洗不清了。我说今天我的运气比你好。帮老人找到他儿子后，我急着往车站赶，没想到我的包掉了，正当我在汽车站着急的时候，就听车站的广播在播寻领失物启事。车站的负责人告诉我，我的书包是一个青年人拾到的。交到车站后，也没留姓名就走了。我说如果那个青年人不善良，我的书包就回不到我的身边。你知道我书包里有多少现金吗？老婆问多少？我说光现金就有 6400 元，还有 30000 多元的支票。就在这时，我家的门被敲响了。是老婆救的那个女孩的父母来表示感谢。他们一进门就说：真对不起，我们把恩人当成了仇人，我们真该死。为表感激之情，还专门买来了礼品什么的。并还给了老婆垫付的医疗费。女孩伤好了以后，非得认我老婆当干娘。说她的第二次生命是我老婆给予的。我说我们的岁数才 30 多一点儿，太年轻了，不行的。女孩的父母说啥不愿意，女孩就跪在我们的跟前，不认不起来，没办法，最后只好认下了。

　　是善良让我们又添了个女儿。每当谁要再问我善良值多少钱时，我总是理直气壮地告诉他们，善良无价。因为，她是爱啊！

父亲的"专利"

那年花姑出嫁，嫁的是榔头庄"一把手"的公子。"一把手"就是村党支部书记。花姑的爹春生爷是我们村的"一把手"。村里的人都说这门婚事门当户对，标准的金枝配银花。

临近婚期，春生爷就挑选送嫁妆的人。春生爷本着这么个原则：去送嫁妆的代表着他的脸面、村子的尊严，一定要精挑细选，在威风和相貌上一定要拿得出门去。那时，爹仪表堂堂，被春生爷一眼就挑中了。

那天，一队人拉着嫁妆浩浩荡荡地奔向榔头庄。榔头庄离我们村有30多里，近了中午，才赶到。

那个时候，送嫁妆属于二小子干的活，二小子不能进宾棚。一队人就站在了花姑婆家贴着大红"喜"字的大门外，给花姑摆置着嫁妆。大家又渴又饿，可谁也没有吭一声。他们都明白，他们是代表我们村去的，一举一动、一言一行，都是我们村的形象。

卸了嫁妆，大家就要走了，花姑婆家执事的忙端出一筐子冷馍馍，每人一斤，分给了大家在路上吃。

出了榔头庄，又渴又饿的大伙儿便迫不及待从兜里掏出馍馍吃起来，那动听的咀嚼声，仿佛一曲动听的歌。爹跟在后面，听得最真切，看着狼吞虎咽的大伙儿，他一个劲地咽唾沫，因为他的那6个馍馍正乖乖地躺在兜里。

爹就看了看那6个馍馍，6个馍馍很白，很好看，爹用手摸摸这个，摸摸那个，像抚摸着自己的孩子。咀嚼声越来越动听，越来越悦耳，爹忍着。忍毕竟也是有限度的。爹终于忍不住了。

就拣那个最小的馍馍拿在手里左看右看，仿佛这是一个精湛的艺术品，招一招就会亵渎。可大伙儿的咀嚼声太迷人了，太让他陶醉了。

爹就一点儿一点儿揭馍馍的皮，小心翼翼的，然后一点儿一点儿地放入嘴里。皮很香，勾起了爹的食欲。他曾几次强行着自己甭吃，不能吃，家里还有几张嘴呢！可自己就是不争气。爹知道，这个馍馍的牺牲在所难免，就有一滴泪流了出来，很稠。

皮被扒光了，馍馍全身赤裸在爹的眼里，爹很羞。他把馍馍放在嘴边，不由自主地伸出舌头，先舔了一下，很好。猛地，爹被自己的发明感动了：这不是一种很好的吃法吗？

于是，爹走在大伙的后边。前边的人大口扁腮地狼吞虎咽，爹就跟在后面一下一下地细舔慢咽。30 多里路，爹活生生把一个馍馍舔成了一个"鸽子蛋"！

靠着这个发明，回到家时，大伙兜里剩下的馍馍谁也没爹的多。爹剩下了 5 个再加上那个"鸽子蛋"。就是这 5 个馍馍和那个"鸽子蛋"，又让我们兄妹五个度过了一段幸福快乐的日子。

六月的玉米

先说几句实话：4月过了是5月，5月过了是6月。6月的太阳毒，后娘似的，刀子般的剐人。那个日子里我的乡人都戴着一顶席夹子。席夹子是一种用苇眉子编的有檐的帽子，和草帽是一个家族的。草帽洋乎，但软塌，没筋骨，不挡雨，还捂风，不像席夹子那么有个性，水旱两用，男人似的，有棱角。所以说，在6月，我的乡村就是席夹子汇成的河。

戴一顶席夹子，就使我的乡人隔开了太阳的抚摸，我的乡人就游在6月的阳光里，悠然自得。

那个时候，太阳就更暴躁了，他把他的愤和恨一览无余地倾泻下来，淹没了我的庄稼。庄稼地里最多的是玉米。玉米默默吮着太阳的光芒，就似婴儿吸着娘的奶，那么从容，那么安详。

玉米长到6月就是一株树了。4月里，玉米就一颗种；5月里，是一棵苗；到了6月，太阳变本加厉的残酷了，玉米就是在这残酷的阳光下长成树的。对于这些肉体的折磨，他不亢不卑地接纳着，用一种耐性和恒心，用一种爱和活着的欲望。

我想起小时候父亲对我说的话。他说，麦子不经过冬天，就结不出麦子；玉米不度过夏天，就收不到饱满的粮食。父亲说：寒和热是两个考验，都是折磨，挺住了，就能丰收，就能结出金黄的粮食。

丰收是玉米的最高境界。为了丰收，玉米就得不停地接纳着夏天的一切：风啦，雨啦，太阳的晒啦。这些玉米能挺，咬咬牙就过去了，可6月里女人们用五彩缤纷组成的一道道美妙绝伦的绚丽风景，那种于心灵上的烘烤，诱惑着玉米。那个时候，女人们的红裙子张狂而热烈，激昂而澎湃，使她们的美与活力无处不在，无处不浸。而我亲爱善良的玉米，就必须得承受，承受着这种心灵的煎熬。

玉米只好怪自己：谁让我是一株玉米？谁让我为丰收而活着？玉米知道：自己是这块土地的种子，是粮食，是纯朴而善良的农人用生满老茧的手把他播到土里，给了他一次再生的过程。从种到收，虽然只那么短短的百多天日子，可这一点点的日子，他也要认认真真地活好，活成一种斗志，一种精神。

6月的玉米在太阳的万道光芒中舒展着自己的身姿。葱绿的叶儿随风摇曳，摇曳出了一派浓浓的乡村气息。那气息是那样清新而透明，倔强而坚韧。

而那时的席夹子，就繁忙穿行于玉米中，像玉米开出的花，在太阳下，那么古朴而悲壮。

沉重的称呼

那时我在滕州的一所中学上学。那天上晨读的时候，传达室的大爷来喊我，说门外有个乡下人来找我。我忙跑向了学校大门。原来是我的父亲，正胆怯地站在墙根眼巴巴地等着我的出现。秋风吹着父亲满头的霜发，俨然随风而舞的枯草。当父亲看到我从校门走出，眼里便流出一种光，那种光很亲很浓很暖和，暖和得我的泪唰地流了下来。我上前握住父亲的手问："爹，你怎么来了？"父亲很激动，把我看了又看，才说："你娘挂牵你，让我来看看。"周末我准时回家，这是习惯。可这个星期，我没回去。望着满头霜发的父亲，我只好撒谎说："昨天老师把我们几个优等生留下了，给我们温习了一下功课。"其实，我昨天被同学喊去爬山了。我知道我这谎撒得很蹩脚，很对不起父亲。可父亲听了很高兴。他郑重地交代我："老师让你留下，你就留下。别想家，嗯?!"我使劲地点了点头。

这时几个同学来找我，见我正和父亲拉呱，就问这个乡下人是我什么人？是我父亲吗？我才想告诉他们是。可父亲忙摆手说："不不，不，我是他远门的叔，进城路过这儿，来看看。"我不知父亲这是咋了，父亲显得很慌，像偷人东西被抓住似的。他忙告诉我："你没事我就放心了，我该走了。"说着从腰里掏出两块钱塞到我的手里，匆匆忙忙地走了。没走多远，又回过头来说："好好听老师的话！"我含泪向父亲点头。父亲看我把头点得很重，就很满意，然后高兴地走了。

事后我才知道，那天我没回家，父亲可急坏了。一天都没吃好饭。一听门口有动静，就忙向门口跑，如是三番，着魔似的。

半夜里，他就睡不着了，步行着进了城，到了我的学校——

　　当时我还有一点儿不明白，那就是父亲为什么在同学面前不敢承认是我的爹爹呢？直到很久很久的以后我做了父亲，我才知道：父亲，是一个多么沉重的称呼啊！

我是娘手中的风筝

我知道，我是娘手中放出的一只风筝，无论飞到哪儿，线总是拴在娘的手里。娘的手一动，我的心就好疼，好疼。

这是十几年前的事了。

那时的我初学写作，有一篇小说在东北的一家刊物上获了个不大不小的奖。编辑部里的老师来信邀请我去参加笔会。当我告诉娘，我要去东北那个很远的地方，娘第一次没有阻拦我。

娘开始给我准备盘缠。那夜，娘的灯没有熄。

第二天天没亮，我拿着娘给我东拼西凑的盘缠，背负着娘沉甸甸的嘱托，心儿呀就像一只出笼的鸟儿，飞向了遥远的他乡。

来到长途汽车站，天已经放亮了。车来了，我找好了座位，坐下后长长地出了一口气。娘啊，儿今天要离你远去，到一个陌生的地方。我在心里念着，眼睛却透过车窗，深情地看着这块充满灵性的土地，心里顿时生出一丝淡淡的忧伤。猛然，我看到了娘亲。真的，是我的娘亲。她手里拿着一个花包袱，正拼命地往汽车站奔来。朝阳的光芒均匀地洒在娘的身上，仿佛在娘的身上镀了一层金，就像一尊佛那样金光闪闪。娘很急，在拼命地赶。"扑通"，娘突然跌倒在柏油路上，包袱甩出好远。娘艰难地爬起，顾不得拍打身上的土尘，便拾起包袱，一拐一拐地向汽车奔来。从娘奔跑的姿势上，我知道，娘一定跌得好重，摔得好疼。我忙叫住正要发动车的司机，下车奔向了娘。

娘握住了我的手，喘得上气不接下气。我问娘跌得疼不？娘说不疼。真的不疼。娘说："你走之后，我总觉得你忘了带什么。一看你真忘了。这不，我赶着给你送来了。"我问是什么。娘说：

"人家都说，东北那旮旯儿子天气冷，这是我昨夜赶做出来的棉袄，带着，冷了好穿。"我告诉娘，我只出去十来天，再说了开会住宾馆或招待所，冻不着的。娘不信，眼里流出一种光，那光很浓很稠很温暖，水一样地淹没了我，使我的心阵阵地不安。我明白，我的一生将为这种光活着，无论我在天涯海角，还是在异国他乡，这种光将是我的牵挂我的归宿。我只好默默地接过包袱，背在了我那单薄的肩头。

汽车起程了，娘离我越来越远。我拼命地给娘挥手。我相信，娘一定会看到的。会的！

我就想娘一个人回家的情景：空旷的天底下，娘默默地独行于无垠的旷野，有风在吹打着娘两鬓的霜发。娘是那样的弱小，那样的无助，那样的孤独。

在炎炎的 6 月，我背着娘为我缝制的棉衣。我知道，不管到哪儿，我都不会冷。

在东北，很多人问我肩上背的是什么。我说是棉袄。他们都很惊讶。在获奖作者即席演讲的时候，我把棉袄的故事讲给了大家。大家都感动了。有几位女孩的眼里竟流出了泪。泪珠很大，很圆，很晶莹。

临走的时候，我曾告诉娘，10 天内我一定回来。后来，由于被几位文友拉去玩了几天，结果回来已是 20 天后的一个黄昏。

那天，我老远就发现有个人站在村西高高的土台上。那是我的娘亲，手搭眼前，正远眺我的归来。晚风吹拂着娘早衰的华发，从此，夕阳里娘的身影，永远成了我心头上的一座雕像。

才离去几天，我发现娘憔悴了很多。我把获奖证书双手捧给了娘。娘没有接，她只是用手捧起我的脸，看了又看，说："回来就好。回来就好！"

从那之后，每当我出远门，总是把归期说得好长，免得娘的牵挂揪我的心。

母教如山，我一生永远的高度

人一生中的第一个老师就是自己的双亲。父母的言传身教对孩子性格的形成和命运的走向有着直接的影响。1971 年农历八月十五，我降生在山东省滕州市鲍沟镇闵楼村的一个贫穷家庭里。兄妹五个，我排行第四。上面有两个哥哥、一个姐姐，下面还有一个妹妹。父母是老实巴交的农民，他们质朴，善良，勤劳，正直，是我一生永远的榜样。

父亲是一个不善言语的人，只知道默默地干，没黑没白地干，生产队里什么活脏，什么活累，父亲就干什么活。因干那些活拿的工分多。白天干了晚上还要加班，就是这样没黑没白地干，可到年终一决算，家里还要往生产队里倒贴钱。因我家有七张嘴啊！母亲常说，生下我的第七天她就下地干活了。当时正好生产队里刨地瓜，一天能挣两天的工分。也就是在那时候，母亲落下腰疼的毛病，一到阴天下雨，就疼，疼得钻心。

人活着，就得要活个骨气。

母亲给我的影响最大。母亲的命苦，14 岁没娘。当时二姨 12 岁，三姨 10 岁，舅舅 8 岁，小姨 6 岁。外祖父因为妻子的死整日以酒浇愁，家里的一切重担都落在母亲 14 岁的肩上。做饭、地里的活、妹妹弟弟的衣服，还有人情世故什么的，母亲是一肩挑。也就是那时的艰难，培养出了母亲独立、好强而不屈服的性格。母亲常对我们说：人一辈子最幸福的就是一家人能团团圆圆地在一起，日子再苦、再难，其实那都是好过的坎。没了爹娘，就是家里再富有，可也是苦孩子啊！

母亲是个要强的人。我记得小时好多年没去外祖父家，后来才知道，是母亲在使志气。外祖父嫌母亲嫁给父亲，并嫌我家穷，孩子多。就因外祖父的嫌弃，母亲对外祖父声明："庆坡（我父亲的名字）是一个正直实在的人。我自愿的。孩子多怕什么？我最多多吃10年的苦！你如嫌我们穷，怕穷气扑着你，我就不回你的门。啥时我家没穷气了，我才走这个娘家。"就这样，母亲10年没走娘家！有了我们兄弟姐妹五个，我家的日子就更苦了。父亲母亲那样拼命地干，还是挣不够我们家的工分。每次生产队里分东西，哪堆最少，哪堆最孬，哪堆就是我家的。

母亲的心毕竟是柔软的，她惦记着娘家的弟妹，每到我家分下一些玉米或地瓜，都要挑一些让父亲送去。有时新烙了煎饼也要大哥给送去。有一次，外祖父来我们家哭得一把鼻涕一把泪的，我跟着母亲把外祖父送到村外，那时外祖父已是快70岁的人了，老人家握着母亲的手说："我儿啊，你还记恨你爷（外婆那儿对父亲的称呼），你有10年多没回娘家了。我当时说的是气话，可爷是为你好，是怕我儿你受苦啊！你没娘的孩子跟着我已经就受够了，爷是想给你找个阔的人家不忍心再让你受苦了！"母亲那次也哭了，母亲说："爷，小孩都能挣工分了，我们家的日子就快好转了，好转了我就去看你。"外祖父知道母亲的性格，知道再说也没用，就哭着走了，我记得那是暮秋，有很冷的风儿吹打着外祖父苍老而趔趄的背影，在空寥而萧条的旷野，越走越远，可却永远活在了我童年的记忆里。

后来母亲问我："孩子，知道我为什么不回你外婆家吗？"我摇摇头。母亲说："咱家穷。我去了怕你外婆家那里的人看不起。"我说不会的。母亲没点头也没摇头。只是交代我："孩子，人活着，就得要活个骨气。娘的话你要记住，活着一定不能让人看不起。就是在自己最亲的人面前也要把腰挺着。就是腰断了，头也要给娘昂着。那样才是娘的好乖儿！"我说："娘，我记着了。我一定照你说的去做。"我知道,母亲说的是一个人做人的最根本的东西——血性,也就在那个时候,我知道了什么叫骨气和志向。

人活着,可不能光想着自己。

母亲虽是文盲,可她深知文化的重要性。母亲常对父亲说:"咱就是再苦再穷再受罪,也要供孩子上学。有了文化,孩子才会有出路。"就这样,我们兄妹五人最低都上到初中。

母亲虽性格刚强,但心最软,也最同情人。记得那年我8岁,刚上一年级。一个学期结束,年就过来了。放寒假了,我得了一张奖状。捧着奖状心里甜滋滋的,欢欢喜喜地跑回家给母亲看。母亲不识字,可她知道,能得奖状的孩子一定是班里学习好的孩子。母亲当时正扫着屋,忙放下扫帚,把奖状看了又看,母亲很高兴,就吩咐父亲明天集上多称一斤肉,好让我过年时吃个够,算是对我的奖赏。

第二天,是我们闵楼村的集。父亲狠狠心,割了二斤肉。以前我家过年都是割一斤肉,而那年称了二斤,大哥、二哥和我都幸福得不得了。

母亲割了一半肉剁了两大筐萝卜,然后就把剩下的一半挂到梁头上,说等到年初二上午熬肉吃。

我就急切地盼着过年。那几天的日子真是漫长!也就在那个时候,我知道等待的滋味是那样的令人心焦。所以,在后来恋爱中月光下静候恋人的时候,我就回味8岁那年等肉吃的情景。在等待时,我把恋人想象成肉,那美好的滋味感染了我一嘴的涎水。我伸伸脖子甜甜地咽下了,美美地想,快了快了,马上就可以吃肉了,真是美妙的滋味啊!

除夕的晚上,母亲就给我们安排过年的伙食。母亲说,初一吃饺子,初二咱熬肉。我和哥哥幸福得心里开了花。看着我们哥几个高兴，母亲眼里就有了些晶莹的东西，我那时还不知道，母亲眼里的那东西叫泪。

这时父亲从外面回来了，低声对母亲说："二柱家里的正在哭呢！"二柱是我的一个近门，头段时间有病死了。父亲说："一家人正愁得哭呢，家里什么也没有，愁这年怎过呢！"娘望了望我们哥仨，又望了望梁上的肉，最后狠了狠心，把肉从梁上取下来，连面和馅子一并交给父亲说："快去，给二柱家送去。"我们哥几个心里都酸酸的，二哥轻轻地叫了一声娘。母亲回头望了一眼我们哥仨，哎了一声，就用刀在那块肉上割了一小块，不过三两的样子。母亲说："留这点吧，初二好炼油。"娘知道我们哥仨心里有意见，就说："孩子，咱们虽穷，可还有爹娘，你们是不可怜的。可你二柱叔家的几个弟弟没有爹了呢！他们是没爹的孩子啊！"母亲最后交代我们哥仨："孩子，人活着可不能光想着自己。"后来我就牢记住母亲的这句话，在今后的人生旅途中，时时用这句话来对照自己，规正自己，以便活成母亲话中的形象。

初二那天，母亲用那点肉炼了油。那点肉哪撑炼，一炼就没有了，都糊成油渣儿了。初二的那天，我们哥几个吃着满口的白菜帮，吃出了母亲的善良，那善良却是满口的清香！

有多大的心胸，就能办多大的事

15岁那年，刚初中毕业，我仅以一分之差没有考上我们滕县师范，半分之差没有考上高中。娘说孩子，再补习一年吧！当时我们家正是最艰难的时候，大哥正赶着找对象，家里赶着盖瓦房子，二哥只比大哥小两岁，也有人给提亲。妹妹还在上着学。虽然父亲母亲咬着牙想供我上学，可是非常难了。我对娘说："世上的路千万条，不一定我就专走考学这一条。只要有心，条条大道都可以通罗马！再说了，人不能在一棵树上吊死。"后来我就跟着一个表叔去枣庄干建筑工。临行时，母亲交代我，到了外面，心一定要宽、要大。母亲怕我不明白，解释说："你如果能把 100 块钱看得像一分钱，那你能挣 10 万块 100 万块；你要是把一分钱看得像磨盘，你早晚得被磨盘压死啊。"母亲虽没文化，说的虽浅显粗陋，但内在的道理却很耐嚼。母亲之所以给我说这么多，目的是为了让我这个刚刚步向社会的孩子牢记住她最后说的一句话："孩子啊，有多大的心胸，就能办多大的事。"这是母亲 20 多年前交代我的话，她和电视上常播的一个公益广告"心有多大，舞台就有多大"异曲同工。我把母亲对我说的这句话铭记于心，不论在做事、做人、做文章上时刻与这句话对照，时时提醒着我：今天，你又小心眼了吗？

自己的耙子上柴火！

1989 年的夏天，我们鲍沟在全镇招收通讯报道员，我因会写几首破诗，侥幸被选中了。我那时是从写诗向写新闻过渡，其艰难程度可想而知。光语言层面，就让我挠头，因诗歌是跳跃性的意境语言，而新闻是实打实的生活语言，两者根本是不相融的。我就在那时明白了语言是怎么回事，正所谓上哪山砍哪样柴，当什么人穿什么衣一样，一个文本有一个语言模式。我当时是和杨恒标、孔琳两位兄长一样的老师在一起，有个什么不会的我就麻烦他们。对了，我写新闻就是跟孔琳老师学会的，小说是跟恒标兄长学的。他们是我写作的老师。当时写稿子我们都在一起写。就是采访完了也要他们给我搭个骨架，自己再填肉。后来母亲知道这件事，就专门给我说："你干什么事最好不要麻烦别人，也不能指望别人，别人能帮你一时，可帮不了你一世。人活着自己要给自己争气，干什么事都不要依靠别人，要靠自己！"最后母亲语重心长地说了一句我们当地的俗语："自己的耙子上柴火啊！"

耙子是一种竹器，是用来搂东西的。这句话的潜台词就是：

万事要靠自己。1998 年我因是临时工又第二次被撵回家喝糊糊，在枣庄文联开作家代表会时，"怀才不遇"的我抱着想让任何人帮着改变艰难处境的期望，请求文友们和文联领导的抬爱帮助，我说得很殷切。当时张继（《乡村爱情》的编剧）兄也在一起开会（他那时还在枣庄文联，还没往外调。他和我的处境很相似，也是靠写作走出来的），在会后他对我说："《国际歌》里有这么一句话不知你是否记得？"我问是什么？张继说："从来就没有什么救世主，全靠我们自己！"我说记得。张继兄说："《国际歌》上都这么说，看来这句话是有国际性的啊。记住，求人不如求己，只有自己才能救自己啊！"张继兄的话如醍醐灌顶，使我猛然明白了"自己的耙子上柴火"的真正含义！

　　好好念经，最后少不了你的经钱！

　　我曾经在很多场合上说过："当我回首我过去，我发现身后的脚印里每一个都盛着汗和泪，当然这些液体是红色的，因为里面包含着血。"在我 36 年的人生历程中，可谓是浮浮沉沉，四起三落，一次次回家喝糊糊，而所有的这些恰恰不是因为我的工作干得不好，正因为我出色，我干得最好，所以我才痛苦。1989 年春，我被鲍沟镇党委宣传科招进写新闻，当时镇里留 3 个人。一个月给 60 块钱。我是 3 个人中最早在我们地级市报纸上见稿的人，也是发新闻最多的人。赶到那年年底精简机构，我们 3 个人只留一个，因为我会手艺，我就回家了。回家后我比在镇里的时候写得更多，在 1990 年、1991 年这两年间，我的新闻作品在省里获了一个二等奖，在《枣庄日报》等地市级获了两个一等奖。这在我们滕州是很少的。镇领导看我是个人才，就在 1992 年 10 月又把我招进镇党委宣传科。可巧，我们那儿那时候又赶上乡镇精简。我已回过家一次，这次领导不好意思再让我走了，就把我安排到当时我们镇《枣庄日报》的自办发行站去送报纸。送报纸之际，我接触了乡镇更多的人和事，我就白天送报，晚上及时地把它们写出来。于是我的新闻报道就及时地在《人民日报》《经济日报》《法制日报》《农民日报》《内部参考》等全国重要媒体刊发出来，很多文章都是各版的头条。1993～1994年，我们滕州市在国家级报刊见报的近30篇新闻作品，光我自己就占17篇。当时我们县新来的宣传部长刘宗启，是一个非常有眼光和魅力的好领导（张继就是他最先发现并提到乡镇干通讯报道员的，那是他在峄城区金寺乡干党委书记时候做的事），来到滕州他又把我提到滕州市委宣传部的报刊发行站做《枣庄日报》驻滕州记者站的工作。我在记者站干到1997年年底，因我在文学创作上取得了成绩，刘部长又把我安排到属于文化局分管的市文艺创作室。可巧，在要给我办手续的时候，分管人事的副市长调到另一个区去了。我的手续就搁置了。1998年春，文化局的领导说，你的手续没办过来，就别来上班了。我只好又滚回家喝糊糊了。1999年6月，我又被滕州文化局新来的领导起用了，他说我在创作方面的影响这么大（他到外面开会很多人都打听我），放在家里就显得文化局真不是干文化的了。我来到文化局，先在政工科干了半年，接着就干了文化局的秘书。一直干到2002年3月，我们滕州市全市范围内清退合同工、临时工，我因手续一直没办进来，又首当其冲地被清退回家。2004年，我因给中央电视台的一个剧组写栏目剧，他们想让我到北京，当时我们市宣传部又来了一位干实事、人品端正的刘杰部长，她没放我走。她说咱们滕州的人才不能再外流了。她冲破了重重困难，把我一个初中毕业的农民破格调到了文化馆，并给我解决了编制等工作问题。我成了滕州市18年以来在文学创作人员中唯一破格提调的一个。

在一次次回家一次次的失望之际，母亲也为我掉了不少的泪。有时是妻子看到，有时是儿子看到，有时是哥哥看到。他们都给我说了，我心如刀绞，可母亲在我面前始终没流过一滴泪。每一次，母亲总是对我说："让你回家，这说明你的东西写得还不好，还不过硬。"我说："怎不过硬?《小说月报》《中华文学选刊》《中篇小说选刊》都选了啊!"但母亲知道我们家外面一没人、二没钱的。母亲只是说："孩子，你写到现在，不容易啊!千万不能丢下啊!那样就太可惜了!小时候常听你姥爷说：以前小和尚下山到人家做超度，只要去念经，丧主家都给钱的。孩子，你就要学那小和尚，好好地念经，最后少不了你的经钱。现在不给，以后会一起还你的!"

在那些最艰难的日子，我把母亲的话作为救我的唯一稻草，奋不顾身地写，因为我坚信母亲的话是正确的："好好地念经，最后少不了你的经钱!"

人要不知道报恩，那连猪狗都不如

从我懂事起，母亲常告诉我：对门的大爷给了咱家二斤面，长大了要孝顺你大爷!前院的二婶送给我家一碗菜，母亲就交代我：长大了一定要报答你二婶!母亲说："孩子，咱庄上的人对咱们家都有恩，以后要出息了一定要报答他们!"母亲常说："小羊羔吃奶都知道跪着，它那是在报答它娘啊!牲畜都有这样的心，人可不能没有!人要不知道报恩，那连猪狗都不如啊!"我时常抱着一颗感恩的心。特别在我人生道路上帮助过我和搀扶过我的好人们，还有我在创作上的老师和同行们，他们和我无亲无故，却为我付出了自己的心血和汗水。对我来说，这就是恩情，一生当中永永远远的债。我常常想，我只是一个码字的人，不能让他们升官发财，又不能给他们带来什么好处，他们帮我关心我是图我什么?其实什么也没图。就因为他们有一颗正直善良的心。正因他们帮了我，我不会让他们失望。所以这么多年来我不停地写，就是在报他们的恩。现在报恩是我写作的主要动力。目的就是不想让这些好人对我的期望落空。因为母亲的话时时刻刻在我耳边回荡："人要不知道报恩，那连猪狗都不如!"

　　母亲对我从来没说过多少深奥的话，她说的和她做的都和我们这个村里的任何一个母亲一样平常而又平凡，我知道，这是世上最好的家教，是我一生中永远要学习的课本。她让我自立、自信、自强、自尊，把自己的这个"人"字的一撇一捺用自己的一举一动写得端正而牢靠，用自己的文字作品把自己的人生写得结实而美好。

儿　歌

"小老鼠，上灯台，偷油喝，下不来，拿个馍馍引下来。"这是我会唱的第一首儿歌。那时我四五岁的光景，也许还小。印象中奶奶坐着一个小板凳，我坐着个木墩子。奶奶说一句，我跟着说一句。不到两遍我就学会了。可我渐渐发现，狗子他们唱的《小老鼠上灯台》和我唱得不一样。他们唱得很粗犷很雄浑，不像我唱得那么文静，一比较，我唱得就显得太文弱太善良了。我唱的时候，他们也唱，伸着脖子和我对唱：小老鼠，上灯台，偷油喝，下不来。他奶奶，一咋呼，咬他奶奶个老家伙！奶奶对我说，小孩子从小要学善。并告诉我说：你唱得最好听。直到后来我教儿子唱这首儿歌时，我才明白奶奶为什么这么说。

那时的我常跟着娘去外婆家。舅舅很疼我，当时舅舅也就是十四五岁。那是仲夏的一个月亮很圆很黄的夜晚，我和舅舅并肩趴在苇席上，舅舅一本正经地教我唱《月姥娘》：月姥娘，圆又圆，里面坐个花木兰。花木兰，会打铁，一打打出个爹；爹、爹会扬场，一扬扬出个娘；娘、娘会做袄，一做做出个小；小、小会拾麦，一拾拾出个妮——唱的时候，舅舅摇头晃脑，很是陶醉。我有时听不清，常学错，他就照腚给我一巴掌。那一晚，挨舅舅的巴掌无数，直到今天，摸摸屁股，还麻溜溜的。舅舅说，不这样，我学不会，他老师就是这样揍他的，不过不是揍腚，而是用小木杆敲脑瓜，特疼。

从这首儿歌里，我知道了爹和娘是怎样有的，小小子和小妮子是怎样来的。那时我很想要个妹妹。于是，我就挎着个篮子去拾麦。拾了一个夏季，玉米已经长过了膝盖，也没拾到。我问娘：麦地里怎么没有妹妹呢？娘笑了。娘用手抚摸着我的头说：今年麦地里的妹妹被人家勤快的人拾走了。你要学勤快，明年准能拾到。于是在第二年，我又早早地挎着篮子去拾麦——一直拾到我懂了事——

后来上了学，爷爷教我儿歌。爷爷是个私塾先生，很有文墨，是我们村人人敬重的文化人。那天我记得正在做老师布置的家庭作业。大意是夸张地说一段话。我记得我抓耳挠腮了半天，最后想起了狗子的疝气。于是我写道：狗子的蛋像个紫茄子。我拿给爷爷看。爷爷笑了笑。爷爷说：这话虽是夸张，可上不了书面。我问那哪样的才能上书面？

爷爷没有回答我，只是教给我一首儿歌：瓜钱瓜钱，许借不许还。家后栽了二亩蒿子圆。长成材，来打船。船烂了，剩下钉，打钢镰。割蒺藜，杈路边。山西的枣子来放羊，剐羊毛，来织毡，铺千年，盖万年，卖了铺什再还钱！

我把爷爷教的这首《还瓜钱》抄在了本子上，那天，我的作业破天荒地得了个"甲"。

从此我跟爷爷学起了儿歌。爷爷会很多，教的时候，爷爷很认真，小学生一样。爷爷时常说：儿歌里面有很多耐嚼的东西。我问是什么？爷爷只是说：你还小，说了你也不懂。

那段时间，我跟爷爷学了很多儿歌。在那些儿歌里，我学到了很多东西，找到了童年的快乐。

渐渐长大的我慢慢懂了：儿歌其实就是一种意境、一种心情、一种底蕴，它虽然天真、简单、朴素，但它是一种深爱，一种解释，一种文化。在这种文化所营造的氛围里，我们都被荡涤得纯真、美好、善良。我把我的所获说给了爷爷。爷爷说，你像瞎子摸象，只摸到了它的一小点。你想，中国的文化博大精深，儿歌是文化组成的一个部分，是其中最鲜活的东西，这岂是你这一句话就能说清楚的？

去年回家参加大姥爷的葬礼。在葬礼上，爷爷突然像想起什么似的，想听我给他唱《小蚂蚱》。于是我躲出人群，和爷爷来到一个僻静的地方，给爷爷唱起了《小蚂蚱》：

小蚂蚱，害头痛，请了蚂蚁来看病。蚂蚁说的不行了，绿豆蝇，来守灵，蛾螂珠子来搭棚，嘀嘀嗒，嗒嘀咚，把小蚂蚱送回了营——

爷爷听后问我，你看我们现在像不像儿歌里面所唱的那样？我考虑了一下说有点像。爷爷说，不光是有点像，而是很像！我猛地明白爷爷为什么让我唱这首儿歌了。

我就又唱起了这首儿歌，爷爷越听眉头皱得越紧。他自言自语道：咋没小时候唱得好听了呢？我笑着对爷爷说：我长大了，不再是童声了。爷爷就定定地看着我，好久，才把目光从我身上移开。爷爷叹了口气交代我：以后就不要唱了。我问为什么？爷爷说：什么也不为，因为你是大人了。

碗的故事

长到这么大，我用过 3 个碗。

小时，家里穷，买不起碗，我和哥哥用一个碗吃饭。那是一个黑釉子的粗瓷碗，豁着一个缺口。那时，哥哥上学，每次吃饭，总是哥哥先吃，然后我才吃。有一次，弟弟偷摸我们的碗喝水，没端住掉在地上，摔成两瓣。碗坏了，我和哥哥用葫芦水瓢吃饭。后来，村里来了个扒锅补碗的（当然是偷偷摸摸来的），爹花了 5 分钱把坏碗扒了 5 个扒锔子，像拳师穿的对扣拳衣，很好看。

13 岁那年，开始吃大锅饭了。娘说：哥俩用一个碗，抢不过人家。便狠了狠心，用积攒半年预备给爹看关节炎的鸡蛋钱给我买了一个大号的搪瓷盆，它盛的饭是黑瓷碗的两倍。

一到开饭时间，我就第一个来到食堂。不知为什么，那时特别害饿，也许是长身子，非常能吃。记得有一回，烧的是用小麦磨的稀糊汤，那个香啊，我一连喝了三盆。旁人看我小小年纪，为我担心，劝我别撑着。摸摸肚子，不饱，又来了一"碗"。没等到太阳落，肚子咕咕叫，原来几泡尿下去，肚子瘪了。我就端着"碗"去了食堂，里面的人也许是可怜我，把刚刚刷完锅想要泼掉的刷锅水端给了我……

我那么能吃，身子还是瘦瘦的，似没有压住、蹿缸的绿豆芽，又细又长，很苗条。为此，娘叹息，爹皱眉，我不知为什么。

食堂没吃多久，散了。家里被折腾得没么吃了，便跟着娘去要饭。我发现，用我的"碗"要饭赚巧，一勺两勺盖不住盆底。

我能吃，每到饭时，就快吃快赶门。有次，为多赶两个门，我喝着刚要来的热糊糊，光顾跑，没看脚底，"啪"的一下绊倒了，盆扔出五步开外，我四"爪"着地，门牙磕掉两个，满嘴的血；再看"碗"，搪瓷掉得花花搭搭，如长了几年疮才好的疤。看着"碗"，我哇地哭了……

实行生产责任制，腰里有钱了，我更换了跟随我多年和我同风雨共患难的"碗"，买了一个带花的细瓷碗。一个真正的碗。

而立之年，正是肚量大开，吃壮饭的时候，可我不能吃了，吃不上半碗就饱。干脆，我把细瓷碗又换了，专门到瓷器店挑了一套餐具，全是景德镇出口的精细瓷小碗。正好，我一顿一碗饭。现在，我大腹便便，旁人都说我：往日的"细竹竿"今日成了"弥陀佛"。并感慨万千地说：还是现在的饭养人！

还有一件事，我至今不明白：那时，我那么能吃，还饿，并干瘦如猴；如今，一碗饭下去就饱，并有使不完的劲。娘对我说：傻孩子，那时饭孬，肚子里生不出油；现在饭好了，肚子里生满了油水，所以吃一点儿就不害饿！

我不知娘的话对还是不对。

和父亲有关的植物

荠菜

什么都是有味道的。

父亲对我说这句话的时候手里拿着一株植物。这是 2009 年的冬日。凛冽的风里不光长满了骨头，还夹杂了刀子等锐利的铁物，我即使穿了羽绒服之类的防寒衣物，还是不能阻隔它的力度和劲道，它的张狂和霸道。这是来自西伯利亚的寒流，它的无情和凶狠，它的热烈和蓬勃，让我认识了另一种力量的强大，它让我走进了另一个季节，那就是冬日。

一到这个季节，我的心就会莫名其妙地提起来，提起来的原因是乡下我的父母，他们都是年过 70 岁的人了。岁月的风霜已经吹干了他们的面庞，榨干了他们的体力和精气。这个寒冷的日子他们始终是我的牵挂和揪心。于是我就比另外的季节回家要勤，关键是去看看我的双亲，他们如果高兴快乐，我就会高兴快乐；他们要是身体哪个地方不舒服，我就会几天睡不好觉。因为他们是我的源头、我的根。

那天我到老家时，父亲正在菜地里。头天夜里的霜太激烈了，以致今天下午地上仍白茫茫的。父亲的气色很好，喘气也较顺溜。父亲有气管炎，大前年夏天厉害，喘气像拉风箱，住了十多天的医院。那段时间可把我急死了，看着父亲喘气费力的样子，我就感觉世界末日来临似的。

看到父亲身体这么好，我很高兴。父亲已把该拔的萝卜拔了，该铲的白菜铲了，园里除了还有一些越冬菜外，其他都是空荡荡的了。我不知父亲为何蹲在空地里，就走过去。

父亲从地里剜出一棵植物，把它放到鼻下，抽搐了几下鼻子，然后对我说：什么都是有味道的，有点儿冬天的味道。好闻！

我知道父亲手里拿着的那株植物是什么，那是我小时候最爱剜的野菜——荠菜。荠菜是长在冬天里的野菜。为十字花科植物，《本草纲目》上把荠菜称为"护生草"。李时珍说："荠生济济。故名荠。"释家取其颈作挑灯杖，可以辟蚊、蛾的危害，护民众之生存，故名护生草。

小时候，我最爱做的事就是挎着篮子和奶奶一起去地里剜荠菜。那年月，粮食不够吃的，为填饱肚子，野菜就成了宝贝。我记得小时候剜野菜的情景，个子很矮的我每次都能剜很多，可和我们一块剜野菜的大个子哥却每次都剜得很少。他每次都找不到原因，我却知道，野菜一经严寒，一经霜打，那种嫩绿就变老成了，变得紫黄，就和大地一个颜色，成了土地的一部分。我个子矮还好辨认；个子一高，却很难发现。奶奶说我眼尖。我说不是的，我是个子矮，离野菜近，好找。奶奶后来对大个子哥说：谁和土地贴得近，谁就会剜得多。你要想剜得多，你就得把腰弯下去！

弯下去，代表着要像荠菜一样敢于经过严冬，敢于走过炼狱。只有这样，才是一棵真正的荠菜，身上才会有荠菜的味道。那味道虽然有着凛冽的质地，虽然有着清凉的内涵，虽然有着别人不能忍受的失落与孤独，但他的血液是沸腾的，他的目光是坚定的，他的生命是不屈的。

我特别爱吃荠菜。无论做咸糊糊，包饺子，或者开水煮了凉拌吃，还是烧野菜汤，我都喜欢。同是荠菜，可我不喜欢吃塑料大棚里的，总感觉那菜胎没筋骨，是假冒伪劣，枉叫了荠菜的名字。后来我才明白，我喜欢的其实还是荠菜身上的味。那个味是严寒给的，是冬天给的，说到底，那是冬天的味！

父亲常对我说，什么都是有味道的。小时候我问，春天有味道吗？父亲说有，咋没有呢！说着父亲递给我一把麦苗。父亲说，屏住气好好闻，你就会闻出春天的味道。我接过麦苗仔细地闻，只闻到甜甜的、凉凉的麦苗汁叶的气味，其他什么也没有。父亲对我的答案摇摇了头，只是说，你还小，你还闻不出麦苗的真正味道。我问父亲我什么时候能闻出来，父亲说，等你长大的时候。

如今我长大了，我知道了任何东西都是有味道的。我也明白，我所做的每一件事和我说的每一句话也是有味道的，当然，我写的文章也是有味道的。我总是想让我的味道充满着花朵的芬芳，不要成为这个社会的污染和人们嗤之以鼻的对象。所以我夹着尾巴做人，认认真真微笑，唯恐一不留神，自己那不好的味道坏了人们的心情。

父亲把荠菜递给了我，父亲说，荠菜如果不经过冬天，那叫草。只有经过了冬天，才能叫菜。是啊，不经霜冻，不经雪盖，不经风吹，荠菜是没有味道的，即使有，也是淡淡的，清清的，稀汤寡水的，经不起推敲的。只有经过了冬天，经过霜染雪压，它身上才会有那刚烈的、倔强的、清新的、甘凉的味道，那种味道让人感觉到坚强与韧性，承受与担当。那是男人的品性。

父亲对我说，想知道冬天的味道吗？那就闻一下荠菜，因为这是冬天的味道啊！

这时虽然有猎猎的寒风在刮，看着父亲那被风吹乱的头发和沧桑的笑容，我猛地感觉：父亲真是乡野冬天田埂上的一株任性的荠菜。

大葱

父亲爱吃大葱。小时候我常记得，家里没有菜，父亲饿了的时候，就去煎饼筐里摸一个煎饼。煎饼是我们鲁南这儿的主食，就是把小麦、玉米、地瓜等粮食用石磨磨成浆状，然后在鏊子上滚烙而成的圆形的成纸状的物件。一般是滚烙好折叠成书本一

样，放在纸箱或荆条编成的筐子里，随吃随拿。父亲拿了煎饼，然后去家前的菜地里拔一棵大葱，把根和葱叶掐了，放在掰开的煎饼里，卷上，就像扛着一个大喇叭，大口扁腮吃起来。从菜地回到家，一个"大喇叭"也就被父亲消灭了。

父亲常说，葱是好东西。每年，我家菜园里都要种上葱。有春天的小火葱，大了叫香葱。也就是在年前收秋时撒的种，到下雪时，就会长出一地的绿针，那就是葱苗。葱苗是不怕雪的。但最好在冬天来的时候在葱苗上盖些什么。父亲常盖的是草木灰。给葱苗盖上有二指深。就好比给葱苗盖上了一床大棉被，葱苗就不怕冬日的寒冷了。这样到了次年春天，就能吃羊角葱了。

每到过年时，母亲常常买上十来斤豆腐煮熟放到大盆里，再在上面撒上五香面、盐末等调味品，然后把盆口密封放到炉火旁。正月十五过后，豆腐就开始变臭了。这时还不是吃的时候，最好是到了二月二龙抬头的时候，那时候，天暖了，羊角葱长出来了，用它来拌臭豆腐，啊，那真是世上最鲜的美味了。小时候我特爱吃，每次我都在煎饼里抹上厚厚的一层小葱拌的臭豆腐，真解馋啊！

但父亲最爱吃的还是大葱。大葱一般是在春天育苗，夏季移栽，在冬天收获。这叫作夏种冬收。大葱又称芤、菜伯、和事草，又名鹿胎。在《本草纲目》中属菜部荤辛类。李时珍说，草木中可吃的称为菜。韭、薤（音xiè，为火葱）、葵、葱、藿为五菜。《素问》中说：五谷为养，五菜为充。所以说五菜能辅佐谷气，疏通壅滞。生命所育化，本在五味。五脏之亏损，伤在五味。调和五味，使脏腑通，气血流，骨正筋柔，便可以长寿。所以《黄帝内经》教导人们：食医有方。菜对于人，补益不小。特别是大葱，无论生吃还是做汤，都对人体百益无一害。小时候，家里穷，我一感冒或者伤风头痛了，母亲就会让父亲去菜园里剜几棵大葱，她把葱头加醋给我熬上半锅水，让我趁热喝了，然后发汗，第二天，那些病也就烟消云散了。现在看来，母亲的葱头汤比感冒通什么的强多了。

葱有很多种，其中山葱曰茖葱，治病用的是胡葱。能食用的葱有两种，一种叫冻葱，就是经冬不死，分茎栽种而不结子。另一种叫汉葱，一到冬天，雪霜一打，叶子就枯萎了。食用和入药最好的是冻葱，气味香不说，药用疗效也强。冻葱也叫慈葱，还叫太官葱，就是俗语说的羊角葱。南方叫香葱。茎柔细而香，过冬不枯，酒席间用之。汉葱又名木葱，茎粗硬，故有木名。冻葱不结子，汉葱春末开花成丛，青白色。汉葱可种可分栽。

我们日常生活中所吃的葱就是冻葱。就是夏种冬收。每年一入冬，我就回家去，有时赶上父亲刨葱，父亲就给我一捆，就够一个冬天吃的了。在我家，大葱常为菜附子，做调味用，做菜时，切一些放在油锅里，能使做煎、煮、熬、炖出来的饭菜鲜美。父亲说，大葱也叫菜伯、和事，知道它为什么叫这两个名字吗？我摇了摇头。父亲说，我听长辈说，葱的味道虽然辛辣，但它的脾性随和，与什么东西都合得来，所以我们做的每道菜都用它做菜附子，它能给每道菜肴增味增香，所以就叫它菜伯、和事。我点了点头算是知道了。父亲看着葱说，你是乡下人出去的，你在外面工作，要学葱的脾性，与人要随和，能帮人的就帮人，不能帮的尽量不要给别人使乱。活在世上的人都是苦虫，都是阳间的混世鱼，大家都不容易，不要给别人摆架子，拿捏人家，那样的人是没有德行的，也是不长远的！我说父亲放心吧，我是什么样的人你是最清楚的，就是你使劲地叫我坏，我也坏不过秦桧、陈世美！

父亲看我说话没正行就把脸绷住了。我知道父亲嫌我嬉皮笑脸了。我随即也一本正经起来。问父亲，佛教中把葱作为荤类食品，这是为什么？父亲说，我寻思着，一是大葱有不好闻的气味，吃了大葱，如果再开口念经讲经什么的嘴里就有一股气味，如和众人在一起，污染周围的空气。二是大葱不光驱虫解毒、发汗解表，而且还能通阳活血，有壮阳之效。我想了想，父亲虽然

不是佛教徒，但分析得也有道理就点了点头。父亲继续刨着葱，过了一会儿他问我，葱是这些菜类当中我最喜欢的一个，知道是为什么吗？

我说，是不是大葱不光能为每道菜提味添香，并且还能防治疫病？父亲说，这只是其中的一个方面，说起来只为六个字。我问哪六个字？父亲说：清白，正直，虚心！父亲说的清白我知道那是指大葱的葱白。大葱一共分三部分：葱根、葱白、葱叶。我们主要食用的就是葱白和葱叶。大葱的葱白洁白而味甜，生食熟食皆宜。正直是大葱的生长特点。葱从栽上起就是不生旁枝，只是一个劲地直条向上生长。可虚心我却不知父亲从何说起。父亲看我皱眉，知道我在想什么，他拿起一根葱叶折断，外直中空。我知道父亲说的虚心是指什么了。父亲说，作为父亲，我不指望你有多大成就，但你能做个像葱一样的人，我也就心满意足了！

看着在寒风中弯腰的父亲，看着这一辈子正直立身、清白立品、虚心立人的父亲，我想，我能做成一个像父亲这样的人，也就问心无愧了。

野菜变奏曲

那是很多年前的事了。

那时我不大，也就七八岁的样子。一放学，我就和哥哥一块跟奶奶去地里剜野菜。奶奶是一个小脚老太太，走起路来一戳一戳的，身上的大襟褂子就呼啦呼啦地飘，很好看。那时生产队里给每人一年发百多斤的口粮，不到年底，家里的缸就见天了。再说了，年好过，春难熬。为了节省点粮食好应付来年的长脖子春，只好一入秋，我们便开始剜野菜来添补家里。

我记得那时的风很冷，硬得像棍子一样打在我们身上，使我们单薄的身体就像风中的旗那样飘扬。我和奶奶瞪大眼睛寻找着那和土一样颜色的野菜。那时地里的野菜又黄又瘦，像落在后娘手中的孩子，没有多少的看相。可有一样，就是性子烈。有时汤还没烧好，那野菜的香味就满街满巷地荡了，馋得人们直吸溜着鼻子，说香啊，真是冷霜的香啊！

也就是从那个时候起，我知道了什么是荠菜、剪子古、敏敏团子、秃妮子头、七七芽、古古苗等野菜。荠菜有一股清冽的寒香，那香有土的味道，有霜的韵味，是野菜中的上品；还有敏敏团子，和榆钱子是一个味，黏黏的，腻腻的甜。其次是秃妮子头，长得泼，叶子大，吃之前得用开水煮，捞出后放在凉水里，洗衣服一样揉搓几遍，再用清水冲洗，洗到什么时候没有黄汁水了，什么时候才能吃。奶奶做得特好吃。奶奶常说：秃妮子头，放锅里揉，揉三遍，拿来大肉也不换。我常给奶奶说，那是没人给你换！真的拿肉来了，你要不换，我剜的野菜都给你。奶奶说我那是比喻，是比喻知道吗？也就是在那个时候，我知道了什么

是比喻。再就是七七芽，吃起来口感不错，但吃多了扎挠心；还有古古苗，古古苗是凉性的，吃多了会拉稀。那年我家吃了一回，是早上吃的，我记得那天上午，一堂课没下来我去了五趟厕所。气得那个外号叫花岗岩的班主任直熊我。后来我吓得不敢去了，只好拉在了裤子里，弄得一个教室都是野菜的"香"。

那年的春脖子长，过罢年，几乎家家都断顿了。所以地里的野菜成了香饽饽。开始还能剜到荠菜，后来就光剩剪子古和苦苦菜了。那都是些苦菜，弄不好能苦断肠子的。我记得，有一次和哥哥、奶奶找到了一个人们一般去不到的地方，都剜了满满一篮子。我们很高兴，回家也比平时早。

实行了承包责任制，人们的日子富裕了。特别是农民，腰包渐渐鼓了，脸色也渐渐年轻红润了。特别近几年，中央在三农问题上投入了很大的精力和资金，农民的日子是吃着甘蔗上楼——节节甜来步步高。今年秋上回老家，在街上我遇到了黑子队长。他老了，瘦了，但精神很饱满，手里牵着一只羊。看到我，就拉起从前的呱，他说这是他刚买的。我问买羊干什么。他说吃啊。黑子队长告诉我，每年一入秋，他都要买上几只，喝羊肉汤。他给我说，去年一冬天，他吃了 5 只羊，这不，天要开始冷了，他用手指着牵着的那只肥羊说，我买的这样一只能吃半个月。

吃过午饭，我见哥哥收拾三轮车，就问他干啥去？他说去剜野菜。见我纳闷，就笑着给我解释：野菜是绿色食品，富含人体所需的多种微量元素。再说了，野菜又没被污染，城里卖到两块多钱一斤呢！接着哥哥邀请我去剜野菜，并告诉我，他今年在大棚里种了 3 亩无公害野菜呢！

我随哥哥一块去了大棚。走在路上我就想，20 多年了，我又下地去剜野菜了。以前是挨饿才去剜的，而如今是鸡鱼肉蛋吃腻了才去剜的，虽然都是剜，可在质上却不同了。哥哥见我沉思，就问，你说咱们现在的人口刁了不是？我想了想说：也许是吧。哥哥说：什么都不是，那是因为咱们的日子都好了呀！

遥远的外婆梦

小时候问娘，外婆呢？娘告诉我，到很远的地方走亲戚去了。我问娘，外婆还回来吗？娘告诉我：等你长大了，外婆就回来了。

我就盼着自己长大。我比八仙桌高一头，平了父亲的胸脯。我问娘：外婆快来了吧？娘用手抚着我的头，轻声说：快了，快了……

我就热切地盼着外婆。我去过好多次外婆家，可一回也没见外婆。舅舅很疼我，教了我好多儿歌。我想：外婆一定比舅舅还疼我。

隔壁的狗子常去外婆家，每次都带来好多好吃好玩的东西。回来后就在我面前炫耀。有次，我实在忍不住了，就说：等我长大了，我外婆就会来。那时，外婆会给我带来好多好多的东西呢！

狗子听后哈哈笑。他说：你外婆不会来了，你外婆早就死了！我不许他这样咒外婆，便挥起小拳头狠狠地捶了他。捶得他哇哇哭着家去了。望着被我斗败的狗子，我感到自己长大了很多。

那天回家，娘阴着脸问我为什么揍狗子，我说他咒外婆，说外婆死了呢！娘没吱声。我问娘：外婆真的死了吗？娘就唉地叹一声，然后数落我：你怎么可以打伙伴呢？以后可不许这样！我只好低着头答应了娘。

那是秋后的一天，我正在狗子家玩。他外婆来了，是来给狗子送花生的。我看清了狗子的外婆，她是一位两鬓染霜的小脚老

太太，一脸的和气，很慈祥。她给我捧了一捧花生。我忙把手背到身后说：不要，不要，我外婆也会给我送！

我就跑回家，告诉娘狗子的外婆来了。娘噢的一声算知道了。我问娘，外婆什么时候来？娘只说：快了，快了……

我就想象外婆的形象。听娘说，她最似外婆，我就把外婆想象成娘。

于是我就跑到村东路口的土台上，眺望着去外婆家的路。路上人来人往，匆匆忙忙。我想外婆定会走这条路来的。

那是秋日，太阳很温暖，整个土台都沐在阳光里。土台上于是就很光亮。土台是留开会、放电影用的。土台上有两根竖着的高高的木棒，放电影时，幕布就扯在两根木棒上。我坐着坐着就累了，就靠在了木棒上，太阳照在身上，暖酥酥的。我有点儿困，眼皮涩涩的……

我看见路上来了位老婆婆，长相和娘一模一样，椭圆的脸上满是灯芯绒布似的沟，花白的头发一丝不苟地梳了脑后的髻子里，眼里满是暖融融的亲切和慈祥，唯一和娘不同的是，娘是大脚板，她是锥子样的小脚。她胳膊上挎着个很大的条编篮子，里面是满满的花生。使本来走路一蹙一蹙的变成了侧向一边歪，补着补丁的蓝布大褂子就呼啦呼啦有节奏地飘，像天上一朵温馨的云。我忙激动地跑上前去，脆脆的叫了声外婆。她甜甜地应了，并用手捧起我的小脸蛋问：想外婆了吗？我说想，都快想死了！外婆就很亲切地抱着我，把我看了又看。然后从篮子里拿出我爱吃的花生。花生白白的胖胖的，剥开是红红的米，嚼起来嘎嘣嘣的脆。外婆的花生真香真好吃，比狗子的强一万倍！外婆问好吃吗？我说好吃，舌头都要咽了。外婆就把篮子交给我，说这是外婆送给你的。我兴高采烈地接了。外婆说，她还有好多事要做，就不去我了。我哭着不让外婆走。外婆就蹲下给我擦泪，然后交代我：不许淘气，好好听娘的话。我大人样地点了头。外婆就笑了，外婆笑得很好看。随后外婆给我摆摆手，走了。我想追，可就是抬不起脚，急得我直喊：外婆、外婆……

　　这时我醒了。娘在我身边，满头的汗像被雨淋过。娘气喘吁吁地问我：咋跑这儿来了？找你一下午了，咋不回家吃午饭？我对娘说：我吃了外婆给我的花生，一点儿不饿！娘的泪就要流。我说娘，外婆真像你，和你一个样。娘的泪啪地掉了，砸在了我脚上，很疼。我问：娘，你怎么啦？娘紧紧地抱着我，泣声说：孩子，我的乖孩子……

　　再后来，每当想外婆，我就跑到那个土台子上去。在那儿我就能见到外婆，收到外婆的东西了。这样的事，一直延续到我上了学后很久很久……

六月的池塘

我家门前的池塘，严格说来只能是一个沙坑。一入夏，连阴雨多，沙坑里便蓄满了水，清幽幽的，很诱人。水不深，只到肚脐眼，再加上是沙地，所以这儿成了人们夏日消凉的好去处。

俗语说，有理的河道，无理的坑道。池塘的南边、西边皆靠路，过往的人多。白天大人们是不来洗的，即使有，也都穿着大裤衩，一副正人君子道貌岸然的样子。

白天，这儿成了孩子们的乐园，入了午，一坑清一色的小光腚，活像一条条小泥鳅，于是，池塘里便生机勃勃，生意盎然。

那是六月的一天，太阳贼毒。我们这些祖国的花朵可受不了了，一撒鸡窝，我们就不管老师们的告诫，撒丫子跑向了池塘。

没到池塘，我们就早已把自己脱光了，然后一路欢歌，手里挥舞着裤衩，就像挥舞着一面骄傲的旗帜。我们把裤衩扔在坑边，鸭子一样奔向水。唯有文子，来到坑边，先找一个不易被人发觉的地方，才脱衣服，做贼似的。

文子常常一个人洗，为此，狗子对文子很有意见。他说，谁没长那个小鸡鸡，害啥子羞？他发狠说，总有一天，他非得出文子的洋相。我们几个小伙伴在这边打水仗，扎猛子，漂洋过海。文子却在另一边悄悄地洗，女孩似的，唯恐人发觉。

愣子最拿手的是"漂洋过海"，"漂洋过海"就是仰泳。愣子仰躺在水面上，一动不动，也不下沉，就像水面上漂着的一个带把的铁皮大西瓜。柱子跟着学，不是水呛了鼻子，就是像块芋头沉下了水。但他的猛子扎得很有水平。有一次，他一个猛子扎到底，把额头上扎出了一个包，青红青红的，就像六月的水蜜桃。

打水仗是我们每次要玩的游戏。我和柱子一伙，愣子和狗子一伙。我喊一、二、三，大家就一起拍水。他们两人一拍起水就歪着脑袋闭着眼睛，瞎拍。等他们累了，我和柱子才还击。柱子和我配合得很好，他们两人要睁眼时，我们就用水打他们"帝国主义"的眼，让他们瞎子一样睁不开眼，好让我们"中国人民"宰割！

愣子和狗子便举手投降，小日本似的。我俩就饶了他俩，开始打"澎澎"。几个人排成一溜，几双小腿就像擂鼓的棒槌，嘭嘭嘭，嘭嘭嘭，水浪溅起老高，可壮观了。

那时，狗子发现了文子，由于受我们的感染，文子正两手指插进鼻子里扎猛子，很投入。狗子和柱子一使眼色，两个人上岸了。不一会儿，两个人又回来了，鬼鬼祟祟的。

洗好了，我们上了岸。各自穿好自己的衣服准备回家。文子怎么也找不到他的裤衩。我说没见。狗子说没见。柱子说没见。大伙都说没见。文子急得直哭。他说，我明明放这儿的。狗子说，放那儿你到那儿去找，我们回家了。说完就转身跑了。

这时路上过来了几个小媳妇。文子见了噌地下了水。忘了交代了，那时我们已上四年级了。四年级的学生已知什么是丑，什么是害羞。文子的姥爷是我们村的老私塾先生，文子对这个领会得特深。

狗子回头看见文子的狼狈相，笑了，窃窃的，和柱子一起。我们都莫明其妙。那时正是收工回家吃午饭的时候，南面大路上人来人往，川流不息。

回家吃了午饭，我正在做作业，文子的妈过来了，他问我，文子放学了吗？我说放了。她说放学了文子怎么还不回家来吃饭？我猛地想起洗澡的事。就说文子的裤衩不见了。文子的妈听后，忙跑向池塘。那时文子正蹲在水里流泪。

后来我才知道，文子的裤衩是叫狗子和柱子两人藏起来了。

从那之后，文子再洗澡时，都穿着裤衩，从不脱，大人一样的。

前段时间，我和文子一起到浴池里洗澡，文子穿着裤衩下池了。同池的人都很诧异。文子见我纳闷，就笑了笑。我明白文子笑里所蕴藏的东西，就也笑了笑。

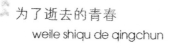
泥　缸

小时候，我最爱看爷爷捏泥缸。

天一放晴，爷爷就忙活开了。先拉土，再拉水，接着和泥。

和泥有很多的道道，就说和泥的土吧，最好是沙土。沙土捏出的缸干得快、结实、防潮，用石头敲，当当的，火烧的一样，圆音。

开始爷爷用大锹撅，撅透撅匀了掺麦秸。麦秸是泥筋，要掺得适中。多了，缸就糠，孬蛋似的，手指头就能捅破；少了，起不到筋的作用。爷爷掺麦秸掺得很老到：先在泥上铺厚厚的一层，然后用大锹砸；砸匀了，再铺稍薄的一层；砸透了，再铺薄薄的一层。一连三次。最后一次，爷爷就挽起裤管，光着脚板，踩。初春的寒意还未消尽，便有几丝风刀子一样地割过来，站在一旁的我缩着脖子直打战，可爷爷却像株树，只有他枯草般的花白头发随风飘舞。额头的汗珠却像大黄豆粒，很肥嫩，很饱满。

有次，爷爷把和好的泥割了一块给我，他说这块泥里有28根筋。我不信，就数，结果，真是。我说，爷爷，你真神了！爷爷就笑。爷爷笑得很年轻。

捏泥缸第一步是画底。爷爷说，缸底就如房子的地基，马虎不得。一定要画圆。于是，爷爷笔直起腰杆，两腿一转一点，一个个缸底就出来了。爷爷画得很老练。

底打好了，接着捏腿。爷爷把泥捏成条，两手一里一外捧着扣。一层一层向上赶。摔泥条有讲究，摔老了，干，沾不牢；摔嫩了，泥没骨，叛徒似的，肯陷。泥条要摔得不软不硬，这样，捏出的缸方才浑然一体。

一个缸一般要五次才能捏好。每次要隔几天，要等捏牢的干透。第一次是底，干了，捏腿。接着捏肚。然后是脖。最后是沿。底和腿好捏，只要结实稳固就中，难把握的是肚。

一个缸的成功与否，关键看肚。村里会捏缸的不少，可没一个捏出的比爷爷捏的有气派有风度。不是像水肿的病人，就是像脑满肠肥的剥削者。爷爷捏的像百战百胜的将军，不光饱满，而且气质也帅。

捏缸的时候，爷爷全神贯注一言不发，一直到完方长长吐一口气，很严肃。问为什么，爷爷说，缸似人，一说话就泄了元气，捏出的就没精神了。有次，我久别回家，恰巧爷爷在捏肚。爷爷看到我很高兴，边捏边询问我的情况。后来肚捏好了，说不出的难看。爷爷苦笑着摇了摇头，然后把那个缸砸了。

每年春天，我家门南的园地里就站满了爷爷捏的泥缸，就像雄赳赳气昂昂等着检阅的士兵，很威武。爷爷每天都起得很早，去看他的缸。有时一坐一清早。直到大伙儿一个一个拉回家去。拉的时候，爷爷忙里忙外，不光帮着装、抬，还递烟倒茶，二小子似的。

奶奶就抱怨，年年捏了都送人，又挨累又搭工的，图个啥？

爷爷说，就图大伙儿眼里有我。

前年初春的一天，爷爷进城了。我问爷爷又捏缸了吗？爷爷说，现在家家都用塑料粮仓了，没人要他捏了。说完"唉"地叹了一声。我安慰他，劳累了一辈子，也该歇歇了。可爷爷却说，捏惯了，不捏缸总觉得心里空落落的。

去年春上回家，爷爷衰老得我几乎不敢认了。我问他好吗？他说好。说好的时候眼里汪着泪。在我临回城时，他偷偷告诉我，他快不行了。我说你别乱想。他说不是乱想，他感觉到了。

没过多久，爷爷死了。那天，爷爷把父亲叫到跟前说，他得走了。说完就走了。

父亲纳闷，爷爷无病无恙，怎么说走就走了呢？到底是得了什么病？

我知道，可我没有说。

童年的月饼

30 年前的事了，那时我也就五六岁的样子。记得那年快到中秋节了，父亲人托人脸托脸地在供销社里买了一斤月饼。6 块一斤的，白糖馅的。母亲先给爷爷奶奶送去了两块。接着又给我家隔壁二柱家的孩子送了一块。母亲把剩下的 3 块月饼包好，放到了挂在梁头上的专盛稀罕物的篮子里。

那时，我每天放学就眼巴巴地望着梁头上的篮子，一边望一边咽口水，我就想象月饼的香甜。那几天的日子过得真的好漫长啊！漫长得就像一年。

好不容易熬到月儿圆了。十五那天，夜幕降临，我和姐姐哥哥 5 个人小燕子似的早早围着桌子坐了。母亲从梁头上放下篮子，取出月饼。月饼已出油了，包着的纸被油沁得发光发亮。母亲把包打开，看了看这 3 块躺在桌上的月饼，月饼黄灿灿的，就像天上的那轮明月。妹妹伸手抢了一块，哥哥想夺回来，让母亲分开。看着妹妹那狼吞虎咽的样子，母亲不忍心，就说："算了，你妹妹小，就让她吃一块吧！"剩下的两块，母亲用刀切了，每个都一分为二，我和哥哥、姐姐正好一人"半个月亮"。大哥见月饼没有母亲的，就把自己的"半个月亮"切了两小块，捧给了父亲和母亲。母亲只是用舌头舔了一下月饼又交给了哥哥说："你们吃吧，吃了你们就能快点长大，长大了你们就有月饼吃了。到那时，你们就会可着劲吃。"说到这儿，母亲眼里就流出天上明月一样的光亮，很温暖。我问母亲："真的？"母亲说："娘的话还会有假？"二哥说："要真是那样，那该是多幸福啊！"母亲说："到了那时候，你们就可以敞开肚子吃，想吃多少吃多少。

最少一个人也得让你吃一斤！"二哥用舌头舔舔嘴角的月饼屑咽了两口唾沫说："我可不能吃那么多，我要吃那么多，可就浪费了。如果过一个节能让我吃上两块月饼我就能幸福死了！"

也就在那个时候，我明白了什么叫幸福。幸福就是每个中秋节能吃上两块月饼！

我记得那次我没舍得把那半个月饼全吃了，而是又留了一半，好等到以后吃。我把留的月饼又用纸包了，放到我的小纸箱里。过了两天，我去取纸箱里的那一小块月饼时，月饼已没了，光剩下碎屑和一堆老鼠屎。原来是老鼠替我吃了。

老鼠十八洞

"老鼠十八洞"是我童年的一个游戏，也叫"猫抓老鼠"。那时，我常和小伙伴们玩。几个或十来个小家伙手拉手地围成个圈，一个扮"猫"，一个扮"老鼠"，"老鼠"就在小伙伴们的臂下穿，那就是我们所谓的"老鼠洞"。圈内是"老鼠"的地盘，圈外是"猫"的天地。"猫"的世界"老鼠"是可以逛的，不过得偷偷的，只要"猫"抓不着。而"老鼠"的地盘"猫"是不能进的，这是规矩！

放学了，我们几个小家伙便赶紧做作业，做完了才玩。当时玩的游戏很多，打瓦啦，赶蛋啦，打拉子啦，藏猫猴（也就是捉迷藏）啦等。赶蛋和打拉子是大人们玩的游戏，男人气足，但有危险，不适合我们小孩子；打瓦只有杏儿下来的时候才玩，那样能赢杏核，砸去壳取出仁儿给爷爷下酒。打瓦也就只能玩一个月，所以说我们玩得最长久的游戏是"丢毛巾"和"老鼠十八洞"。"丢毛巾"这个游戏柔气，有脂粉味，一般都是女孩子多的时候玩，可挨逮的净是我们男孩。我们对这个游戏就有些腻歪，所以一玩我们就玩"老鼠十八洞"。

玩"老鼠十八洞"有规定："猫"如果接连几次抓不到"老鼠"就得变成"老鼠"，"老鼠"就升为了"猫"。当然这是我们几个小伙伴定的，目的是奖罚分明。还有一样，这个游戏来多少人都可参加，丝毫不影响游戏的进行。

那时候，最爱扮"老鼠"的是狗子。狗子小巧玲珑，机灵利索，黑头黑脑的，两只小眼睛眨啊眨的，活像一只"小老鼠"。而扮"猫"的是我们班的班长柱子。柱子的学习不怎么样，连我

为了逝去的青春·

都不如，就因为他长得人高马大，能帮着老师管我们，才当的班长。班长喜欢扮"猫"，但他行动迟缓，我们都喊他为"大呆猫"，每到最后，都被我们送"花达娘"。这是对捉不着"老鼠"的"懒猫"的惩罚。回来后柱子只好和别的小伙伴一起手拉手筑"老鼠洞"了。

唯一能治狗子的是我。那时我比狗子还小，在我们这群小伙伴中，我属小不点儿。也许是身小体轻的缘故，我异常灵活。我捉"老鼠"有窍门，就是附在"洞口"不吱声，光观察。狗子是个闲不住的主，猴子似的，一会儿不出"洞"遛遛就如坐针毡，每次都探头探脑，我就假装看不见。狗子很高兴，一次，两次，三次。他觉得我这个猫好欺负，好玩弄，蹚水似的，越来越深了，越来越大胆了。像电影上的小鬼子似的，"悄悄地进村，打枪的不要"，在我身旁一个洞一个洞地钻，以显示他这个"小老鼠"是多么的称职，是多么的优秀，是谁也抓不着的精灵。也就在他最张狂的时候，我猛地从一旁蹿出，一下子把狗子扑个正着。每次都捉得他心服口服。不像愣子当"猫"，好抓后衣角，"老鼠"进洞了，他还在洞外拉，可好，一下子把狗子他大哥穿了二哥又穿最后才退休给他的蓝学生褂扯掉了一大块，狗子不愿意，狗子就这一件衣服，明天上学还得穿，就闹，让愣子赔。闹到最后，两人就打起来了。狗子的娘知道了，把狗子嚷了一顿，狗子的娘说，在一块玩，怎么能打架呢？文子的妈是我们村有名的巧手，绣的东西跟真的一样。烂褂子就让文子的娘拿去了，连夜点着煤油灯给绣上了，比新的都好看，天没亮就送到了狗子家。没晚了他穿着上学。

从那之后，我们就吃一堑长一智，重新又做了规定：就是捉"老鼠"要从正面捉，迎头抓，从后面抓到的不算。这就给当"猫"的增添了难度。相应的，狗子的"老鼠"也就当得更加得心应手。每次他都从这个"洞"钻到那个"洞"，不急不忙的，然后出了"洞"伸个懒腰扮个鬼脸什么的，以此来显示他这个

·47·

"老鼠"是多么的优秀，是多么的春风得意，是多么的不可一世。这时我这个"猫"也改变战术，故意在一旁呆头呆脑束手无策，狗子越钻越得意，越来越觉得不过瘾不刺激，就往我跟前来。这正合我心意，我慢慢地等着时机，等狗子玩得得意忘形时，我猛地一跃，一下子就把他这只"老鼠"扑倒在地。为此，狗子对我佩服得不得了。其实他不明白，我之所以能捉到他，是他给我的机会。

后来，上了中学，学习一紧张，游戏也就不玩了。再后来，就大了，开始干一些大人们才干的事。闲暇时，我就追忆童年的欢乐。特别是"老鼠十八洞"这个游戏，给了我很多做人和做事的智慧。有时我就觉得自己是一只"猫"，有时就像一只"老鼠"，无论"猫"也好，"老鼠"也好，我都在努力地把这个角色扮好。因为我知道，我们现在的一切，说到底，就是我们童年游戏的继续啊！

在夏日里画场雨

很久很久以前，我就想画场雨，画场淋漓尽致的雨，把你淋湿。

我知道自己不该这么做，有爱把它埋心里就算了。没想到啊，你在我心里发芽了。那时我想，就让你长大吧。后来你就长成了一棵树，很挺拔的一棵树。

春天逝去的时候，我正在一条小河边对水梳妆。我发现了我自己不再是个小丫头，我会害羞的眼睛告诉我，我长大了。

我就开始心慌。毕竟自己的心上长着一棵树。并且这棵树在不停地长粗、长高。这时候，我猛地发现，我很喜欢这棵树。

他的叶子那么的嫩绿，绽着油光在太阳下金子般地闪烁。挺拔的腰身那么的伟岸，扎进天空里显示着青春的蓬勃。

我知道不可避免的事就要发生。那时，我就强烈地克制住自己，使自己变得若无其事心如止水。后来，天空逐渐热起来，趾高气扬的太阳在天空挥洒着自己的权力以示自己的高傲无比，那时我正在你的树荫下写一篇关于一个小男孩和一个小女孩相爱的故事。那个故事很感人，像琼瑶笔下的男女主角相爱那样缠绵悱恻。写着写着，我的泪止不住地跑了出来，钻进了我脚下干裂的土地。它钻得很迅速，一眨眼的工夫就失去了踪迹。这时我发现你头顶的太阳正扬扬得意。可你静默如雕，始终忍受着，用身躯给我铺出一片绿荫。让我安静地去写、去画。虽然你的叶子风干如铃，风吹过发出金属般的声响，但你的头依然那么昂着，不屈着自己的意志和顽强。

这时，我的心很疼，有一个想法在时时刻刻地催促我：画场雨。在晴朗上午的天空上画场雨。画场淋漓尽致的雨，把你淋湿！

在我正要展笔的时候，你湿了。你发现了我的用意，你激动的泪水忍不住倾盆而出，流得好凶，好大。

那时你浑身湿透，你显得很狼狈。你的帅气你的英俊在你的"狼狈"中是那么的令人心动。这时太阳隐去了，天空一片灰暗。你萧瑟着身子，但你坚韧的目光让我明白了，活着是为了什么。那时的我什么也没说。唯一的想法就是想画个又红又大的太阳。画个又红又大的太阳，挂在你的头上，晒晒你。

于是，我饱蘸墨汁，在空白的天空上画了个太阳，那个太阳很大、很红，很好看。

后来，你干了。我湿了。我湿得好苦，好狼狈。

可我丝毫没有怪你。

带伞的日子

那是 6 月。

妻子说，6 月的天就像小孩的脸。每次出门，她总是先把伞交到我手里，然后再递给我包什么的。

那些日子，我总是一手拿着伞，奔走在从乡村至城市的路上，路很遥远，漫漫而迢迢。无论我怎么走，怎么努力，可总是早上出发了，晚上又回到了起点。在这一天一天又一天的奔波中，伞似我亲密的伙伴，无声无息地陪伴我。

不知为什么，那些日子每次出门，我第一个想到的总是伞。伞仿佛成了我生命整体中不可分裂的一部分。我之所以这样，还是因为 5 月末的那场雨。

那是一场惊心动魄的雨，事先一点儿铺垫也没有，说下就下了。那可是一场淋漓尽致的雨，下得天昏地暗。而我那时恰恰走在一条前无村后无店的地方，只有满野的庄稼在凄风中哀鸣、哆嗦。雨铺天盖地倾泻下来，霸道而又蛮横。于是，无助的我就成了地里的一株庄稼。那时，我就想，伞，可真是个好东西啊！

回到家里，我嘴唇发青，浑身打战，由于雨水的冲刷和浸泡，全身又白又胖，只有眼里留着雨中的惊慌和恐惧。妻子把所有的罪过归结于没带伞。妻子说，假如带伞，你就不会挨淋了。

妻子的话是真理，再出门时，我就拿着妻子交给的伞，走进了这个炎炎的季节。一天一天过去了，天空始终阳光灿烂。无所事事时，我看看微笑的太阳，再看看手中的伞，心想，要是能下一场雨，那该是多么美妙的事情啊！

可始终没下。

　　伞在我的肩头成了别人嘴里的嘲笑，笑声很锐利，刺扎着我的神经。我知道，这不怨他们。因为伞是活在雨里的。只有在雨中，伞才会开出一种绚丽的花，在摇摆中婀娜、妩媚，把生命张扬到一种极致的美丽。于是，在6月末的一个日子，我故意没有带伞。

　　那天和往常一样，又是彩霞满天，当妻子用她那双开满茧花的手递过伞时，我没有接。妻子转身看了一眼那冉冉的旭日，也就罢了。

　　我又和往常一样行走在那条和钟表一样周而复始的路上。那一天，我过得非常愉快，虽然肩上只少了一把伞，但我却觉得浑身轻松，仿佛卸了很多重负似的。那一天很快就结束了，我满心欢喜地踏上归途。这时天开始变了，不一会儿，万里的晴空便阴云密布了。那时我正好走在一段无遮无掩的路上，可想而知最后的结局，我是多么的狼狈和落魄。

　　妻子望着浑身流水的我，没有抱怨，只是说，怎么也不会想到有雨呢！

　　我知道这是妻子在安慰我。是啊，生命中的无常和难以预料很多很多，谁都会想到呢？可雨毕竟要下，这是没办法的事，谁也阻挡不了的。

　　带一把伞吧，不管晴天还是雨天，它都能给你撑出一片天空，让你好好地活。

冬日的散步

那是一个标准的冬日，有风生机勃勃，有雪晶莹绽放。我告别了炉火，走进了茫茫的旷野。不知为什么，这个时候我极想和风和雪融为一体，成为冬日的一种景致。我知道，我站着的姿势一定很好看，像风中的一秆苇。

于是，我就开始了散步，慢慢的，哲人似的。脚下的雪发出吱吱嘎嘎的声响，那响声很揪心，使我阵阵地不安。我知道，我不该这个时候来打扰冬的宁静，我的出现无疑给和谐的景色掺进了某种杂质。虽然在这个世界上我不是一个坏小子，每时每刻我都在努力做一个正直的人，但我的外表依然存留着世俗的污迹，和雪格格不入，成为冬日一个耀眼的黑点。仰望天穹笼罩的四野，我的眼里便闪现出一个巨大的子宫。我发现自己是其中的一枚精子，在不停地漂洗。洗我的骨，洗我的肉，洗我的髓。

漂洗的目的是为了一个好活法，一个在冬日归来的朋友对我说。他说得很真诚，真诚得让我信以为真。后来那个朋友又在冬日离去了，他只对我说，记着我，我是冬日的一粒雪。

我开始爱雪，爱冬天。我就在冬日里写诗，写关于雪的诗。雪没有感激我，只是用他的手抚摸我，抚得我好冷。

我知道自己该哭了，便有一滴泪悠然而下。雪很好，接纳我的泪水，没有一丝的嘲讽。我感觉自己很空虚，虽然外面罩着宽大的衣袍，有厚实的荣誉包裹着我，但我依然腹空如竹。

这个时候，我感觉到了冬日的真实。在其他的季节里，虽然有红花、绿叶、硕果装饰得绚丽非凡，但冬日的独到与深沉，质的厚重与热烈，让我激动不已。这个时候，我看到冬日这个茁壮的生命，在用她温柔的手抚摸我的点点污迹，使之洁瑕如玉。那时，我感觉到风是那样的温暖，在这种温暖里我猛然感觉底气充盈力量巨大。

后来我就想回家。回家的路已很远了，我的四周只是洁白雪花的世界。此时，我的心里便闪现出一条金光闪闪的大道。那是雪儿铺的，我知道，那是心路。

面对春天的惭愧

不知缘于一种什么感情，我总感觉自己是一团火。

这是遇到你之后的感觉。这种感觉与日俱增、刻骨铭心，时时折磨得我彻夜不眠，辗碎无数个皎月。你的笑容越来越清晰，就如天上的星星那么明亮晶莹在我爱的夜空，给我眨眼，给我遐想。

后来你的笑越来越甜，你的关怀越来越温柔似水。那时我就极力去想另外的事情，诸如现在是什么季节、应该穿什么衣服或者早上刷牙了吗、晚上洗脚了吗、明天应该吃些什么以便使自己保持苗条。所有的这些都与你无关。与你无关好，能使我安安静静地躺下来睡觉或做一个温馨的梦重新焕发自己。

可芬芳的你无孔不入。你总是把你的笑你的甜你的纯合成于一束清幽的兰花开在我的窗台，随风摇曳出一室的温情。我知道不可避免的事就要发生。那时已进入夏季，太阳在豪气万丈地燃烧着他的热情，我心灵的河床正需要着一场雨，一场淋漓尽致的雨。

那时，我在浓浓的树荫下给一个小男孩讲关于你的故事。讲你的清、讲你的幽、讲你的静、讲你的愁。那个小男孩嫉妒得让我激动不已，那时满街满巷的流行爱情，你的红裙子飘逸清新，宛若蓝天中的一片云霞，感染得我如醉如痴。

那时，我的想法已进入一个大胆而自信的领域。我的热烈、我的真诚使我认为能征服你，我已完全进入一种境界，那种境界让我自以为是，让我自己坚信不疑。对着镜子我欣赏着自己的举止，是那么风流倜傥恰到好处。我明白，我的容貌不能在女孩子

面前所向披靡，但我的炽烈和多情会让许许多多的女孩子束手无策。

再后来，夏天过去了。在秋日，我站在田园里极力远眺我的庄稼。我的庄稼正万花烂漫，许许多多的果实瘪在苞中死去。

于是，我就哭了。夏天对于我是一个残忍的季节，我的追求、我的青春、我的努力最终让我收获的只是冬日的满腔空白。

抚摸着晶莹剔透的泪，我一点一点解剖她给我的成分。我知道欢乐只占她的十分之一，而十分之九是痛苦和酸楚。你从远方来，你的脚步温情轻盈，在我心头轻轻敲打。你告诉我：她的成分是水，说完你就转身而去。后来泪就化了，化成了一摊水，融化了我脚下的土地，我的脚下便泥泞起来。那时我就想：也许我永远走不出了。

后来我就明白了。明白这件事的时候秋天已接近尾声。冬天矫健的步履正向我表明他的雄壮和蓬勃。后来就下雪了，在雪里，我站成了一块白。

那时我就盼望，盼望你不期而至，在我脸上抽一巴掌。抽一巴掌的原因就是让我该哭的时候就哭、就流泪，就好好地反省自己。

但我有一个请求，就是在你抽我时，千万别弄脏了我的那块雪，因为那是我这些日子的全部收获啊！

佳人同路

故事是这样开始的：

那时我骑车行在回家的路上。太阳很温柔，暖暖的，极暧昧。我被阳光撩拨得非常痛苦，原因是：我一个人太静。在这春日的路上，只我一人独行。

于是，我开始了胡思乱想。哲人似的，净思考一些关于人类及生命的非常博深的话题。我觉得生命的存在是个让人啼笑不得的闹剧。在这场闹剧中，我们都在竭力地掩饰着我们人类的劣性。在掩饰的过程中，我们就完成了生命。就像我现在回家。

一个人太多的思考对这个世界不能说是一件太幸福的事，但起码让这个世界知道了我还在思考人的归宿、生存及灵魂。我想我的归宿就是脚下的这抔黄土，我的生存就是每天粗粮加细粮，蔬菜加淡水。灵魂是什么？我在极力地回避这个东西。我发现，灵魂就是风、就是花、就是禅、就是道。

我想：这个世界之所以很严肃，正因为有许许多多像我这样的人在思考，他们都在关心人类的皈依与家园。但唯一不关心的是他们自己。他们正无家可归。

那时，太阳用佛祥的光芒万丈的手抚摸着我，让我辉煌似佛。我理解他的苦心，他知道我的脆弱，他在安慰我。在那样的时候，我的孤独似雨后的春笋，我渴望一个伴儿。

这时，路上飘来一朵红云。我激动得热血澎湃，一下子明白佛无所不在，佛是万能的，它法力无边。

在拐弯处，我们走在了一起，就像两条小溪汇在了一块。她骑着一辆红色的小车，黑发如瀑，飘逸在她身后，她骑得不急不

为了逝去的青春

weile shiqu de qingchun

躁，从从容容，我渐渐地和她并车而行，和她行着一个节奏。我转脸向她望去，她也瞅了我一眼，很有礼貌。

我想和她说句话，想了很久没有想出一句适当的话，最后只好问了她一句，回家？

她对我一笑，轻轻地点了点头。她笑得很妩媚，很迷人。

我说，家在哪儿？

她说，前面。说完这句话的时候她又笑了一下，说马上就要到了。

我说我的家也在前面，咱们同路。

她又笑了笑，笑得很严肃，一本正经的。

她问我的家在哪？我在某某庄。她说她去过那个庄，挺大的。并告诉我：她有个亲戚在我们庄上。具体叫什么记不清了。

我问她的家在哪儿？她说前边，马上就到了。

我们就谈了一些别的话题。在和她的谈话中，我才发觉自己是多么的深奥。我这时才明白了我的烦恼之所以那么肥沃，痛苦之所以那么丰富，那是因为孤独的原因。

不知不觉，我的家已到了。我问那位姑娘，快到家了吗？她说前面，马上就到了。

那位姑娘向我一笑又向前走去，还是我遇到时的样子，从从容容，不急不躁的。

我这时才发觉，这么一段路，我是在毫不知觉的情况下走过的。我猛然明白了，人生为什么要寻伴，就是好快点回家。

后来，我就几乎天天走那条路，期待再遇到那位姑娘，在那样的下午回家。

可是一次也没遇上。我那时明白了：人和人的相识是缘。我和她的缘就只有那么一小段路。我想：无论这段路长短与否，我们都曾在一起回过家。这就够了，就能成为一段非常美丽的回忆，在某个大雪纷飞的日子烘烤着她，取暖。

瞬　间

很久以前的事了。

有一个女孩喜欢上了一个男孩。男孩很帅，气质也很好，样样都长到了女孩的心坎上。女孩很喜欢。

女孩就想每天看到男孩。一天不见，心里就慌慌的，干起啥来就丢三忘四的，很烦。可见面了，女孩却不知说啥，女孩就装作很严肃，一本正经的。女孩也不知为什么。

很多次，女孩就想，我得问问男孩。问什么呢？噢，女孩想，最好问问他，你相信缘吗？可见了面，就怯了。她不知说啥，只觉得脸很红，很羞，就想快点走开。

有一次，她和男孩又相遇了。男孩唤了她一声，哎！她装作没听见，还是急匆匆地走。她想，他要是再唤第二次，她就停下，就答应，就问问她想问的那句话。

男孩没有唤第二次。

后来，女孩有了丈夫，成了女人；男孩有了妻子，成了男人。两人的日子都过得很平淡很平淡。男人和女人都想，要是和他（她）在一起过，一定会是另一个样子的，一定会的。

再后来，两人又相遇了，女人就问男人。男人说：他信缘，非常非常的信。男人就问女人，我当时唤你，你为啥不答应呢？

女人问男人，你为什么不再唤一次呢？

男人想了想就笑了。男人说，我当时也叫了，叫了很多次，都是在心里，是流着泪叫的。叫了，没有喊出口。

女人的泪就落了。女人说，这就是缘吧？

男人想了想，想了很久才对女人说，也许是吧。

女人就擦自己的泪。女人想，都这么大了，落泪干啥呢？女人就对男人笑了。笑得很好看。男人看到女人的笑，很感动。男人想，自己是个大男人，他是该笑的。就对着女人笑了一下，笑得很干巴。女人没有怪他。

后来两人就各自回家了。脚步都走得很沉。那时，太阳落山了。

我亲爱的你啊，只要你爱的他（她），给你一个暗示你一定要抓住，不然，你一生的汗水和努力都抵不上这一个小小瞬间的悔啊！

与一座山有关的爱恋

一

我是谁呢？我一直在思考着这个问题。这个问题阴魂一样地缠绕着我，使我浮躁、使我心虚、使我痛苦、使我难过。我知道我的痛苦来自我的清醒，来自我的一颗不想再被侮辱的心灵。

"迄今为止，在这个地方谎言一直是真理，然而今天，就连谎言也不真实了！"这是凯尔泰斯 - 伊姆莱在小说《寻踪者》中的话。凯尔泰斯 - 伊姆莱是匈牙利人，是 2002 年诺贝尔文学奖的获得者。凯尔泰斯说的这句话让我 2003 年的夏季沁在火热中的心得到清凉。我知道，他说的是真话，就像为爱而活的莲青山。

二

莲青山是位于山东省滕州市东北 15 千米处的一片群山。山清谷幽，奇石兀耸，群峰争雄，是个修身养性的好地方。当我走进莲青山，我知道，我其实是走进了爱，走进了一个传说。传说中的莲青山是那么宽容和广垠，让爱像种子一样发芽开花，长成参天的大树，活在世世代代人们的心里。

传说是美丽的。记不清是哪个朝代了，一个国王的女儿爱上了一个将军，两人相互倾慕，可国王不同意这门婚事，也许是门不当户不对，也许是国王从心里没相中将军，反正是国王对这门婚事不感冒。可公主和将军两人爱得如火如荼。于是就在一个有着皎洁月光的夜晚，两人抛弃了皇宫和前程，私奔了。那时，一弯玉钩挂在无垠的苍穹上，照射着两人为爱而匆忙的身影。两人来到了莲青山。这个地方是将军在征伐之中发现的，他发现这是一座为爱而生的山。这儿的清，这儿的静，这儿的动，这儿的幽，这儿的人间烟火，很适合他们的爱生生不息，两人就在这儿住下了。于是，这座山就有了内容，这座山因为有爱而生动鲜活起来。

一个山的美，一个林的秀，一个谷的清溪潺流，并不能说明这座山是多么的迷人。放之华夏万千山峦，我明白，莲青山在它们跟前也许并不算什么，可莲青山有爱，有缠绵不绝的情感之旅，有为爱而述的千万传说。传说是那样的动人，使我们日益物质化的心灵有了感动，使我们以走样的爱情找到了坐标，使我们敷衍爱情的表情知道了惭愧。莲青山是一座为爱而活的山！

三

我知道我这样的人是不能爱人的。凭什么去爱呢？又不是大款，又不是官人，就凭会写点狗屁文章？这年月会写文章的多极了，往天上扔一块砖头就能砸破好几个会写东西的人的头。能有一个女人爱，就是造化了。可我不争气，看见可心的人儿我要不爱，我就觉得我真是浑蛋透顶了，这是没办法的事！

我爱了很多的人，当然这里面有我亲爱的妻子和可爱的她们。但她是一个例外。她是我心仪的女子，有着莲青山一样的清幽、缠绵和芬芳，时时开放在我寂静的夜晚。她不大，我从没有告诉她我的心声，虽然我有很多这样那样的机会非常巧妙地对白和对视。我一直认为，爱是感觉的，不是言说的，我一直相信缘分。可缘分如今在这个时代还会存在吗？还会像莲青山一样以一种传说与芬芳站立于我的面前吗？

四

第一次站立于莲青山前，我没有做好思想准备。那次机会说来就来了，事先一点儿铺垫也没有。这是 2000 年的事了，文友张继一直说滕州值得好好走一走。于是在夏末的一日乘车来到我处，让我陪他走走。第一站选的就是莲青山。当时莲青山还属党山乡管辖。党山乡的宣传科长张建国兄陪着我们进行了游走。那时我只听说莲青山如何如何，心里对这座山的准备一直不是多到位、多充分。我那时一直认为，滕州这个地方不会有这么优秀的山，就好像滕州不该有我这样叛逆的人一样。当莲青山以一种坦荡和谦逊、一种沉稳和兼容、一种骚动和感伤出现在我们眼前时，我和张继都呆了。我们是在逐步深入了一个正在熟睡的梦乡。那是将军和公主刚刚交合后的美好和幸福。我们用疲惫的脚步轻轻地按摩着山路，渐渐地走进了幸福的深处，走进了爱的心灵和感动。

林的柔、山的岸、风的浮、峡的逸，还有阵阵的林涛及脚下的残砖断墙都在述说着一个存在与辉煌。存在得那样伟岸，那样气魄，那样让人肃然起敬。但岁月是刀，刀走过的地方是寂静，当年的繁华是梦，是阳光下飞舞的皂泡。

我们都深深低下了头。因为我们来得匆匆，又走马观花，我们太浮躁，我们没有时间和精力去逐页逐页翻阅莲青山的欢和乐，痛和忧，这是我们的错，我们的愧。

五

她也许感应到了我的目光，我目光后的浓浓的挚情。我相信所有爱我的人都能从我的眼神里读出我内心饱满欲滴的情感。

她对我很尊重，一直称我为哥。这是把我作为一家人的称谓。我和她一直保持着距离，我知道距离的力量。它能逐渐熄灭我的思念之火和情感之欲。它能保持我的形象，保持住她青春的音容活在我记忆的深处。

我就这样在长长的时间里暗慕，就像我对莲青山一样的暗恋。我明白我这样的人是不会有好结果的，是由我的性格注定的。这是命，没法摆脱，除非我是神，我是主，我是吉祥的菩萨。

爱人是幸福的。我希望能一直这样下去，直到地老天荒。我也明白，我是自私的，因为这是不可能的。可我也知道，我有爱的权利。只要我活着，我就会爱所有的温柔、所有的聪慧、所有的美丽。

女孩终于在 2003 年夏日里的一个美好的日子走向了她的婚姻。这是她的必然。就像我从事写作，河水奔向大海一样，这是归宿。我给她留了一封信，我祝福她，祝福她好好地去爱，爱生活，爱美好，爱幸福。不要问我的泪，我的泪说到底是高兴，是快乐。

我就想莲青山里的那对为爱而活的公主和将军，当他们回望故乡，是否也会热泪盈盈？

六

再次去莲青山是 2003 年夏日里的事了。是三伏里最热的日子，刚下了雨。这时，莲青山所属的党山乡已与东郭乡合并了，目的是为了更好开发莲青山这块天然旅游资源。东郭乡里的朋友邀请我和马润涛先生、彭延信先生、滕州日报的韩顺韬弟一起去看看雨后的莲青山。同行的还有滕州电视台的李庆台长。李庆台长一行是带着任务去的，是拍莲青山的专题片的，李庆来此很多次了，这次他当的向导。我们沿峡谷涉水而上。雨后的莲青山，山清水新，脱尽了俗气。谷里流水涓涓，清澈而甘冽；匝地的清荫，抚摩着周身的燥热之气，让人生出遐意和清馨。前一次走的是一条平坦的、人们已经走出的山路，而这一次我们是寻路而行，在谷底，在山的最低处，我看到了很多的东西。以前走过的那条路盘在山腰，在向崇山峻岭蜿蜒而去。那路是那样的平整和通达，让我生出憧憬和向往。我这才明白，人在坦途的时候不会在意自己脚下的风景，只有到了最低谷时，才会感叹以前脚步的幸福，才会珍惜已逝的光阴。

在低处，我看到了许多的感动和风景。原来的一切都是那么的美丽和美好。在底部，我看到了一座立体的山，那时我知道了什么叫渺小，什么叫从容，什么叫宽广，什么叫无言的抗争。我这才知道，一个人是那么的微不足道，无论你是王侯还是人杰。

在莲青山的峡谷里，清凉的风儿携着满目的葱翠扑面而来。我眼里都是生机，都是茁壮和蓬勃的力量。脚下的每一个石块都有着一个不小的年龄，在冷眼看着这人世的一切。我知道，这个时代是不会让他们感动了，唯一的感动是公主和将军的爱情，那么决绝，那么悲壮，还在他们记忆的深处存活。

我明白自己的懦弱。我是一个胆小的人，对自己喜欢的人却不敢去表白。我知道我不如公主和将军，他们比我勇敢比我磊落，比我坦荡比我刚强。

七

那时，她在我的眼前消失了，我这才知道什么是空。可我心里却非常饱满，我知道，那都是思念和祝福！我就看着这山谷，山谷其实是满的，就如我的心谷一样，是绵绵不绝的情与爱啊！

御桥是山上保存最好的一个建筑。那是两座山之间的连接，就像缘分。我明白，很久以后，我和她之间的桥也会如此。

我们到了残砖断墙的宫殿。昔日的这里，一对相爱的人儿在爱河泛舟，鲜活了这群山。而如今，谁能让这座山重新焕发生机呢？

我就望着她的背影，背影的远处只是默默无言的风。唢呐的吹打声越来越激烈，我知道，那不是答案。

答案就在莲青山。这座为爱而存在的山。还要为爱而活下去的山。

告诉我吧，什么时候，我才会拥有你，我的莲青山？！

我是庄稼地里的一棵苗

母亲决定离开庄稼去水泥林子里生活的时候，我的嘴正衔着她的奶。在田头，母亲站成一株树，身旁放着的是盛着我们全部家当的包袱。我只记得那时的天很蓝，几朵白云棉花一样地开在天空，开得很好。我看到母亲在用茧手抚摸着那些庄稼，接着有一滴东西从母亲的眼里晶莹而出，砸在了我的脸上，很疼。

后来，我们就来到了城市，开始了新的生活。渐渐长大的我时常发现母亲站在阳台上，眺望着家的方向发呆。在某个季节来临之际，总听她念叨：又到芒种了，麦子不知收得怎样？或明天是大暑，可是锄草的好时候之类的话。每当这个时候，父亲就对我说：你娘又想家了。第二天，父亲就用自行车驮着母亲回老家探望。

从老家回来，母亲就像换了个人，又能干又能笑，就像田野里一株蓬勃的小麦或玉米。可过段时间，母亲又开始发呆，有时连饭也忘了做。母亲笑着对父亲说：我是不可救药了。父亲就笑，笑得很无奈。

后来我长大了。那时血气方刚的我正努力做一个城市人，不论什么我都用最代表城市的。后来我才发现，我的努力是徒劳的，因为我身上的土味很浓，熏得城市人对我直皱眉头。虽然我的头上也抹了摩丝，但一摇头，我的头发里便飘出"高粱花子"。这个时候我知道了累，知道了做一个城市人对我来说是一种艰辛和痛苦。我的心时时刻刻在发慌，那种慌让我六神无主。一次随母亲回家，那种感觉消失了。在爷爷奶奶和乡人们慈祥的目光里，我发现自己是一只调皮的羊羔；在绿油油的麦地里，在清幽幽的小河旁，我发现我是这儿的主人，那么随心所欲，那么逍遥自在。那次我玩得很开心，父亲拍着我的肩膀说：你也是咱庄稼地里的一棵苗。

我不知父亲这句话是什么意思，但父亲给我开的药方我没有丢。每当心慌的时候，我就回老家去。

后来我才明白，我是这块土地的儿子，就似一朵蒲公英，不管飞到哪，只有根扎在土地上，我才会底气充盈；只有吃那些庄稼，我才会茁壮成长。这时我就对自己说：就做一株庄稼，不管是一株高粱还是玉米，都是这块土地上的精灵，活着是这块土地上的风景，死了就是这块土地的魂。

看看咱的庄稼去

那天老家来人告诉我，头两天的那场风太狠了。我说是的，城里都刮得睁不开眼呢。来人一脸的痛苦，他说，庄稼都哭了呢！到了吃饭的时候，我留他，他摆手说不了，他得回家。临告辞的时候，他又回过头来看着我说，抽个空回家吧！

活到这么大，我唯一不敢忘记的就是那些长粮食的庄稼了。我是农民的孩子，我是头顶高粱花子，双脚沾着黄泥走进城市的。虽然我现在身处这个城市里，但我依然像飞上天空的风筝一样，拴我的线儿系在老家的屋梁上。我的爱情虽然芳香四溢，但那艳丽花儿是在那葱绿的玉米地里采摘的，我的梦幻和追求就像田野里的庄稼一样，是随着季节的转换而丰盈的。庄稼是我的歌，是我的爱，是我的全部寄托和安慰啊！

庄稼在哭呢！这句话像子弹一样打中了我。我知道，我真该回去一趟了。

回乡那天，我特地起了个大早，奔向了车站。早晨的阳光湿漉漉的，就像田里吃草的羊儿，用它那毛涩涩的舌舔着我，所有的这一切都是那么美好，那么诗意，这在6月是多么难得啊！可此时的我，却无暇感受这些，因我的心已随着老家的人，走了。

我特地找了一个靠窗的位置。一路上，我眺望着窗外那些倒伏得一马平川的庄稼，不由得闭上了眼。说实在的，长这么大，从没见过庄稼这样的落魄过，我这才真正明白，老家人所说的"庄稼在哭呢"这句话里所包含的东西是那样的让人痛和酸。

车在村头停下了，我下了车，阳光一片明媚，讨好地照耀着我，给了我一身的光芒。披着这身光芒，我来到了田野。我发现我的玉米、高粱倒在片片泥水里，艰难地抬着头，用一双欲哭无泪的眼睛望着我。望得我想哭，想流很多很多的泪给这些庄稼。

我不禁怨恨起前几日的那场风。那场风实在太霸道，城里刮得飞沙走石，店铺的招牌纸鸢一样漫天飞舞。我知道，那是他们招摇的缘故，可默默无闻的庄稼只是真诚地活着，把自己变成粮食，活成喂饱我们让我们长大的粮食。风儿啊，这些庄稼有什么过错呢？我真想抓住身旁遛来遛去的风儿问一下，可我没有这样做，因为我是问不出什么的。风总有风的理由。

我只好深情地望着这些劫后余生的庄稼。而此时，我的庄稼正艰难地抖着身上的泥水，用舌舔着自己滴血的伤口，在这个阳光灿烂的日子，以一种不哭面对着曾经的灾难。他们拭干了泪水，因为他们知道，哭是打动不了谁的，泪水只会泡软自己的斗志！

我的庄稼就这样在这阳光灿烂的日子里努力地挺着身躯，昂起自己那不屈的头颅。这个时候，它们把生命活成了一种顽强，活成了一种不屈不挠。从它们那倔强的眼神里，我看到了庄稼的韧性是那样的惊心动魄——高粱已把沉甸甸的穗头努力地伸向天空，把那坚韧的根系扎向这厚重的大地，抓紧抓牢，支撑起一个不屈的魂灵；玉米随风摇曳，抖落着身上的泥水，那泥水是它的丑、它的羞，是它灾难日子里的全部软弱和无奈。抖落它，是为了一个崭新的日子，是为了一个饱满的自己在秋天里无愧于皇天后土的形象。

我知道自己该走了。在我的田野里，我明白我的庄稼是我的牵挂。这种牵挂不是灾难不是多少的挫折，而是那种不屈的精神对我灵魂的安慰。因为在城市里，人们越来越敏感、越脆弱，越来越浮躁、越没底气。看看咱的庄稼去，在那里，你也许会洒下很多的泪，但庄稼会安慰你，让你好好地活，不管在什么时候，流泪了，就擦掉，然后就努力地生，努力地长，活成那个季节的魂！

回乡村过年去

冷着冷着天变了，要到春节了，妻子问我：今年咱们在哪儿过？

我明白妻子为什么这么问。我是乡村飘进城里的一粒土屑，虽然我停脚在城市的水泥地上，但我依然是泥土的一部分，内里有着泥土的本性与品质。1971 年 10 月的一天，我出生于滕州市南部一个叫闵楼的村子。命运的几次不公，使我失去进驻城市的机会。初中毕业后，我干过建筑，理过发，送过报纸，从事过通讯报道。凭着我对文学的一腔挚爱和不屈的奋争，再加上很多好心人的搀扶与呵护，我终于以一支秃笔为自己写出了一片天空。在 2006 年 9 月里一个秋高气爽的日子，我们全家搬进了县城。成了一个一张口就出红芋气、一摇头就掉高粱花子的"城里人"。

猪年是我搬进城里的第一年。城里人怎样过年？城里的年是什么样的？刚入腊月时，妻子就多次好奇地问我。妻子是一个土生土长的农村女子，对城市有一种天真的好奇，她一直认为城里的年和乡村的不一样。我虽在城里工作，可对城里人过年的具体细节一无所知，但在妻子跟前，我不能显得肤浅，显得没文化，显得和她一样没水平，就只好对妻子说，乡下叫过年，城里人叫欢度春节！

妻子听后就喷嘴，说不一样就不一样，你听听，什么东西到城里人嘴里就不一样。你看，咱乡下人叫爹，城里人叫爸爸！咱乡下叫娘，城里人就叫妈妈！叫得多洋乎，多有文化。

从乡村进驻城市，短短 4 个月的朝夕相处，我逐渐明白了城市的本来面目。城市的外表虽然热闹绚丽，有川流不息的车流，有五光十色的灯光，有高耸入云的大厦，但热闹的背后是浮躁，是空虚，是孤独。活在城市里的人，好似水上的浮萍，无根无由。对门不相往来，人人形同陌路，人们之间都在应付，都在赞美，都在提防，都在利用与被利用。即使偶然遇到的笑容，也是面具上的笑容，呆板而做作。

在城市里生活，我真的感觉好苦闷。虽然城市的先进和繁华让我为进入它而作不懈的追求，为施展自己、证明自己而不停地拼搏。我明白，城市是一个成就事业发展自己的好地方，但它却不适宜人居住。正因不适宜人居住，所以城市才用各种便利和诱惑装修自己，装饰自己，以使自己新鲜无比、美妙无限，成为名义上适宜人们居住的乐园。可时间一长，也就是经过了眼花缭乱之后，便是无边无际的空虚和孤独，便是心的忐忑不安与难受。它不如乡村，乡村是一瓶窖存的陈酿，只要一打开瓶盖，便有铺天盖地的芬芳，那是亲情和诚实，那是纯朴和善良。住得再远，只要听说谁有一点儿不幸，便都来帮忙，都来安慰。那种帮助是真心真意的，没有丝毫做作的成分。乡村的人，无论走得再远，可它永远牵挂着你，你荣了，你耻了，乡村都一样地接纳你，激励你。说到底，乡村是一块麦面揉出的面筋，无论伸拉得再长再远，内里连着的是麦子的骨头！

在城市久了，我越来越感觉乡村那种真诚与纯朴的重要。那种亲和力的美妙。这种东西是我的内蕴，我不能离开它，离了它，也许我更像个"城里人"了，但我却背叛了乡村，成了乡村的逆子，成了乡村的耻辱！

乡村啊，你是我的胆量和魂魄！

望着妻子那双热切的眼睛，还有正在做寒假作业的儿子，我温和地对妻子说：回闵楼去过年吧！

妻子眼里流出了失望。儿子也是。我知道他们为什么会这样，只好给妻子解释：乡村里有咱们的爹娘，他们在眼巴巴地等着咱们回呢！

妻子明白了我话里的意思，她望了一眼老家的方向说好，那咱们明天就回老家！

回乡的路只有一步之遥

进入城市流浪，转眼已好久。在好久的日子里我似一匹不停
奔波的马儿，为了找寻一顿草料和夜里立足的草棚而呕心沥血。
说着说着天入秋了，那时我回眼一下来处，来处一片苍茫，四周
都是漫无边际的高楼大厦，我的故乡睡在很远很远的地方，像一
粒种子一样任我想象的泪水一遍一遍地浇灌，随着季节的金硕，
故乡已如待收的庄稼日益饱满，在我心头愈加沉重。

远眺归乡的路，曲曲折折，蜿蜒逶迤成风筝的飘带随风地吹
拂忽悠到白云的尽头，那是很远很远的地方，那得走很久很久的
路。我开始打怯，脚步不免沉重起来。而此时，城市的喧哗与功
利在逼迫着我去做一件又一件风光无限的事。我知道在城市生活
和在乡村生活是两种境况。城市的势利和浮躁在激励着我去做一
件件给自己贴满金片的羽衣，好让自己发光，好让自己飞翔。那
样，我才会在城市里活得自在，活得滋润，活得像田野里的一株
玉米、大豆或高粱，在秋日结满丰硕的粮食。只有那样，我才会
被人呵护，被人捧举，被人奉若神明。

归乡的路在我足下遥遥无期。活在雾霭深处的故乡啊，你的
孩子为自己活出个人样在流汗啊，在为你活出好名声而流泪呢。
这是一个竞争的年代，这是一个奔跑的年代，这是一个人人都不
服输的年代，你的孩子不敢有一丝的倦怠啊。一停步，就落后
了；一停步，就被人超越了；一停步，也就只好暗自垂泪了。所
以，你的孩子似上满弦的发条，似离弦的箭，只有义无反顾地走
向目标。

目标一个接一个，一个比一个肥美，一个比一个金黄。所

为了逝去的青春
weile shiqu de qingchun

以，你孩子的胃口就越来越大，心就越来越硬，越来越急功近利。其实，你孩子的心也是肉长的，你孩子也会在夜深人静时默望着家乡，在祝福，在祈祷。

当有一天，儿子用他的童声问自己是不是城里人时，我才惊醒，城市到底给了我什么？成功，还是幸福？我说不清，但对于儿子，乡村已在他的生活中废失了，这是一件多么可怕的事啊！孩子啊，你是农民的孩子。你是个庄稼人啊！儿子听了这话感到不解，感到委屈。我这时才明白，我在城市的流血流泪，就为证明自己不是个庄稼人，就为证明自己没有吃过红芋。这是多么的可悲呀！

我知道，我该回乡了。

那是一个秋天的早上，太阳刚升起，我领着儿子踏上了归路。路上的庄稼似孕妇一样丰收着爱的喜悦，饱满成这个季节最让人心旷神怡的景致。我指着庄稼一一告诉儿子：这是玉米，这是大豆，这是高粱，这是地瓜。这些都是养活咱们的粮食呀！这些都是你爷爷、父辈们用汗水和心血像父亲拉巴你一样拉巴出来的呀！

儿子像是懂了。我告诉儿子，很久以前，乡村里来了一个城市人，城市人对老人说，城市正在建设，急需着一批有活力的人呢！老人二话没说，就让正在耕种的儿子去了城市。后来，老人就年年季季地向城市输送着自己年轻的孩子，直到现在。

我问儿子，知道城市为什么年轻吗？因为它是乡村的孩子。

儿子不懂我的话。我知道，儿子还小，等他长大了，就会明白了。

而此时，故乡已在我的面前。回乡的路我是在不知不觉中走过的。这看着远在天边的路，只要把左脚一抬，右脚就到了。我明白了，回乡的路只有一步之遥。

没事就勤回回乡吧，在那里，你会找到你的根。

姐姐的湖

2004 年的一个夏初的日子，我认识了姐姐，她是一个柔气很重的女子，这与她所住的城市有着千丝万缕的关系。那是一个被水环绕的地方，水的灵秀柔透清新氤氲了姐姐，姐姐的一举一动就有了水样的滋润，在那阳光明媚的日子潮湿了我浮躁的笑容，使我疲惫的心找到了归属和依赖。我感谢姐姐，她让我认识到了她柔软的内部，那是关怀，那是贤淑，那是温馨，那是安宁。

于是，在那年夏末的一天，我来到了姐姐所住的城市。我去的那天阴雨绵绵，稠稠的雨儿替我表达着对这座城市的爱恋。这是江北的一座水城。没踏上这座城市的时候，我还以为北方是风沙和粗犷，只会诞生浑实与狂野，北方的干冷和剽悍孕育不出风情万种的景致。可是，当我看到这座城市的时候，一下子惊住了：这座城市三面环水，古老的京杭大运河穿流而过，从而使这座城市荡漾着柔情与妩媚。

这是一座古老的城市，中心的光月楼不亢不卑地耸立着，站成了这座城市的脊梁和性格，那是傲立，那是巍峨，那是刚性，那是忠贞。我知道，这是城市的秉性，她一如姐姐的笑容那么平实而自然，甜美而温暖。

我随着姐姐走近了那个她最喜欢的湖泊。湖水荡漾着一种缠绵和感动，缠绵是那样的绮丽，她让湖水晶莹而剔透，涌动着无限的欢愉，她仿佛在告知我，她欢迎我的到来，并真诚地希望我的融入、了解和感动。我明白，这是一种襟怀，一种博大，一种绽放，一种芬芳。

我想起了姐姐的作品，她的作品如她喜欢的湖一样，让我感到清凉而静谧，让我浮躁的心开始蔚蓝，那是滋润，那是安抚。我明白，我在滚滚的红尘中受功利的腐蚀太重，我的心田已如今日的河流一样狼狈不堪，这是我的疼，我的忧。

随着姐姐我进入了她的作品，我在她那静谧的湖边聆听着水鸟的欢鸣，声音是那样的动听，她优美着我的视野和感觉，这是一泊美丽的湖水，她洗刷着我的欲望，她使我的奋争和对自己作品的追求充满诗意，她让我满是汗水的脸庞不再苍白，她让我知道了感激和宽容。我知道，那是母性光辉所显示出的慈祥，那是作品内在张力所表现出的感染。我就看着这湖水，默默地看，我在用心和她交流。我想告诉她，你这尘世上清清的湖水，你的清凉是一种意义，你淹没了我。你让我满是污垢的躯体开始了颤抖，开始了反思，我就想自己这么多年写作的动机和意义。我的动机是为了使自己活得人五人六，在人前是多么的辉煌、多么的了不起。这俗气的意义使我头上流下涔涔的冷汗，我不禁为自己汗颜，面对着姐姐作品的浓郁和东平湖的淡泊，我知道，我太俗，快到了不可救药的地步。

坐在湖畔，享受着习习风儿活泼的吹拂，我的心渐渐归于平静。我知道，我和所有的人一样，平凡而微小，我如湖水一样微不足道而又充满了感激。这感激来自这座湖对我的启示，她在告诫我，我就是这浩渺湖水中的一滴，柔弱而易损害，平常而易挥发。

我慢慢地品读姐姐的作品，感受着作品中姐姐的爱意如湖水一样轻柔而平和，她让我清醒了自己：我只是一个为肚皮而在不停制造文字垃圾的人。虽然有时也热热闹闹，但过后都是秋后的原野——萧瑟而空白。我就望着姐姐的湖，湖水渺渺，无语而悠远。

站在湖畔，我看到旁边的姐姐眼里清清爽爽，像秋日一样可心而怡人，我知道，这是姐姐已把自己融入了这座湖，于是她身上就有了湖的魂魄。望着她秋波里的清新，我真想跳进去，一生一世让这妩媚包围，可是，我明白，我不能，我只是一个过客，我的路还有很长很长，我还得去走。

于是，我就让这座叫东平的湖活在了我的记忆里，让她时时把我淹没，然后告诉我，自己是谁，还要往哪里去！

远逝的词语

油钩子　　油撇子

油钩子是油撇子的前身，好比社会主义是共产主义的前身一样，是过渡，是初级阶段。在我们闵楼大队，小队长以上的干部吃油都用油撇子，而作为我们社员，几乎家家都用油钩子。每到饭时，当我们贫下中农同志们闻到从队长们家里飘出的油香时，都抽搐着鼻子，使劲地闻。边闻边感叹：奶奶的，什么时候，咱也不用油钩子，用油撇子！

油钩子就是用金属条把一头砸扁，弯成直角，从油罐子或油瓶里往外钩油的。一般都是自家制造，有的家是用铝条砸的，有的家是用铁条砸的。我们家是用钢条砸的。钢条砸起来比铝条和铁条有难度。铝条瘫，铁条肉，而钢条有骨头，为砸我家的油钩子，爷爷的虎口都震裂了。

油撇子制造起来技术含量比油钩子高，把直径和小酒盅口差不多的一块圆形铁片中间砸凹，用锡把一小根铁条焊在圆片的一侧，就成了，就能从油罐里往外提油。油撇子自家造不了，都是在我们村西的集上买。我们村有个高级社员，她男人叫庆国，比我长一辈，我是"凡"字辈，按理叫庆国个叔。庆国叔在我们村西30里外的西岗煤矿上下窑底，是采煤厂。他家吃油用油撇子。油撇子中间凹得比大队支书闵宪发家的还深。有次庆国婶和村里的人在一起拉呱，拉着拉着拉起了吃油。她问身边几个婶子嫂子，这半年了，你们一家共吃了多少油？一堆老娘儿们有的说三两，有的说四两。当时"溜沟子"婶正赶上给儿子说媳妇，便狠狠心说了半斤。其实她家吃油可省了，一般都是用青水煮菜，锅里哪有油腥？奶奶见大家在说虚数，就也昧了昧良心，说了五两半。庆国婶一听，就把嘴撇得像碟子，说我家吃的油说起来是你们几家加起来的数。大家问多少？庆国婶说，一斤半。大家听了都说乖乖，真厉害，那你们家都成"喝油虎"了，就感到震惊，心想支书闵宪发半年才吃了一斤二两油，她们家半年竟吃了一斤半，那不和咱们村以前的地主老汪一样。老汪虽是地主，但他一个咸鸭蛋还吃一天呢！就是早上吃三分之一，吃到蛋黄了，然后用纸把口糊了，放到午饭时再吃。中午饭把蛋黄吃一半，再留一半，然后用纸糊上，留给晚上。一个咸鸭蛋吃一天。你看人家庆国家，比老汪还老汪，于是给她起了个绰号叫"地主"。

我们家老少三代共16口人，那个时候，队里一人一年供应一两油，我们家一年才领1斤6两油，所以油就显得金贵。那时，家里掌握"油权"的是奶奶。油一般都被奶奶锁在柜子里，等到饭菜做好了，奶奶才踮着锥子一样的小脚，用哆嗦的手打开柜子，请神一样，从柜子里抱出那个粗瓷的大黑油罐子。从柜子到锅台奶奶一共要走28步，每走一步，她的锥子一样的小脚都锥子一样地扎在我和哥哥的心上。来到锅边，奶奶用那个钢条砸成的油钩子从油罐里钩上三钩子。一边钩一边说一啦。站在锅台边的我和哥哥就学着奶奶的样子喊，一啦。奶奶说二啦，我俩就跟着喊二啦。我和哥哥的数学启蒙教育，就是在奶奶的喊叫声中开始的。当奶奶喊"三啦"时，锅里就开出三朵字钱般的油花子，像嫩绿的荷叶，懒洋洋地躺在锅里，很好看。馋得哥哥直咽口水。

那时我没咽口水，因为这三朵之中有一朵属于我。舀饭的时候，奶奶执勺，分别把这三朵油花舀到爷爷、母亲和我的碗里。奶奶说，爷爷是家里的顶梁柱，爷爷的身体壮实，我们家的日子才会过得滋润红火，所以爷爷理应分享一朵。母亲当时奶着妹妹，需要油水，分享一朵是情理之中的；可这朵母亲不舍得吃，总是用筷子挑出一半放到父亲碗里；于是，母亲碗中的那朵支离

破碎,很是凄惨。我是家中最小的一个(妹妹还小,还在吃奶),奶奶说你是长材,缺谁的也不能委屈了你,于是我碗中那朵又大又圆,成了这三朵中开得最饱满最漂亮的一个。

当时我、母亲、爷爷,对了,还有父亲,在一块分享油花时,叔叔急得直咽唾沫。叔叔那时十七八岁,每天干重活,又吃不上油水,所以就长了一身好排骨,就像刚从旧社会逃出来的一样。叔叔对毛主席他老人家无限地忠诚,为了入团,为了得到一本红宝书,孝敬闵凡雨,差点儿把命丢了。当然这事和油有关。

一天,叔叔和闵凡雨一块去油坊里做好事。闵凡雨是我村的团支部书记,外号叫"二积极"。那时叔叔想入团,整天和"二积极"缠在一块。油坊里的坊长叫闵宪风,和党支部书记闵宪发是叔兄弟,是我们村有名的"溜沟子",专看着当官的嘴说话,看着当官的眼皮干活。他替支书去公社里开会得了一个奖,是一本红宝书,回来交给闵宪发,闵宪发没要,闵宪发家里有,就把这本奖给了闵宪风。"溜沟子"闵宪风不识字,但整天装在上衣口袋里,遇到人多的地方,就从口袋里掏出,很认真地看,边看边说写得好,奶奶的,小孩吃糖,绝(嚼)了。这可把团支部书记闵凡雨馋坏了。闵凡雨没事就与"溜沟子"缠乎,这次,把闵宪风缠急了,便用大马勺从油缸里舀出了一马勺油说,你若喝了这马勺油,谁要不给你,谁是孙子!那一马勺油最少也得有二斤,闵凡雨不敢。站在一旁的叔叔沉不住气了。那时,叔叔看见油就特别的亲,那个亲啊,别提了,眼里都直放绿光。叔叔见闵凡雨打怵,就问,我喝行吗?"溜沟子"说行。你们两人谁喝都行。只要喝了这一马勺豆油,我要不给这本"红宝书",我是你孙子!我叔叔一听,用眼看了一下"二积极"。接着叔叔偷偷地俯在"二积极"耳上说:我喝油,得到红宝书给你,你得让我入团。行吗?"二积极"没有说行和不行,只是学着支书闵宪发的样子很深沉地点了点头!

叔叔就从"溜沟子"闵宪风手里接过了马勺咕咚咕咚地喝开

了。油很香，也很稠，黏着喉咙。叔叔一口气喝了半马勺，然后长出了口气，又接着喝开了。不大一会儿，一马勺油就喝干了。喝得"溜沟子"闵宪风两眼都直成了棍子。叔叔咂了一下嘴，感觉意犹未尽，说再给舀半马勺！

"二积极"在一旁问我叔叔，二愣子，没事吧？叔叔说没事，说着就拍了一下那瘦瘦的肚子。"二积极"见我叔叔不像有事的，胆子就大了，就说闵宪风再来半马勺！

闵宪风只好又舀了半马勺。叔叔接过就喝了，喝得闵宪风直打哆嗦，一个劲地说，乖乖，你真行，我是孙子！我是孙子！

那天，叔叔很高兴，像这样一次把油喝个饱的别说在我们闵楼大队，就是在我们鲍沟公社也没有另一个。叔叔高兴还没到家，肚子就开始闹了，你想，喝了一肚子的油，那个滑劲，不把肠子拉下来才怪呢！

那几天，厕所成了二叔的"家"，只要吃点什么，这边吃，那边扑哧就到腔门了，不出几分钟就全拉出来。那几天，我家茅坑里始终漂着一层油花子，一下雨，人家的阴沟里流的是脏水，我家的阴沟里就直往外淌油。有句夸人富的话说你看人家富得，阴沟里流的都不是水，流的是油。那就是从我家说起的。所以那段时间，村里人见了我家人都说，你们家不得了了，都成"地主"了！

当然，红宝书被叔叔赢了过去。叔叔把红宝书送给了"二积极"没多久，叔叔就成了光荣的团员。

当奶奶知道二叔喝了一马勺半油时，就夸我二叔是有福的人，你想想，那年月吃油都按滴，而二叔一回就喝了一马勺半，这不是有福是什么，你一个人一回喝了咱们家两年吃的油，你二愣子比地主还"地主"呢！当奶奶看到我家阴沟里往外淌油花时，可惜得直跺脚，说造孽呢！地主家还没这样糟蹋呢！看奶奶那样子，恨不得拿勺子去舀那些油花！

二叔是在一个月后才复原的，从那之后，二叔不能吃油腻的东西，一吃就反胃。爷爷常这样说二叔，一个人一辈子吃多少东西，挣多少钱都是有定数的，谁若是一次吃个饱，挣个够，吃过界了，挣过界了，人就得有事、有毛病。二叔就这样，从那之后光能吃青菜，不敢吃油，多吃一点儿油就滑肚子。但二叔经常幸福地说，死也不亏了，就喝了一马勺半油，还入了团，成了团员。又吃了又有名了，多光彩！每当二叔说起喝油这段事，我和哥哥都羡慕得不得了，说二叔真是有福的人，这辈子没白活！

后来，奶奶退居二线，掌握"油权"的重担落在了母亲的肩上，也许受奶奶的影响，母亲添油仍没离开"三"。那时，家里条件好了一点儿，我们家用起了油撇子。

油撇子是父亲在西头集上用两个鸡蛋换的。那时，谁家用油撇子，这是家庭富裕的一种表现，本来我们家还要用油钩子的，但赶着给二叔找媳妇，所以我们家就提前进入了用油撇子的行列。那时候说媳妇，只要媒人对女的那边说，这个小孩可老实了，天天粪权子不离腚，是过日子的人！还有，人家过得可富了，烧菜做饭的都用油撇子！女的那边一听，人老实能干，家里条件也不孬，都用油撇子了，还能孬，就会愿意了。然后两人就相对象，就再去买点衣服，媒就成了。

那时候，每到饭菜做好了，母亲便捧着油罐来到锅边，用油撇子从油罐里平平提上三撇子，次次如此。有回年底，父亲投机倒把，挣了5块钱。父亲首先打来了满满一桶油，足足有5斤，那次我想，今天饭菜的油水肯定吃得泼，可母亲仍像往常一样添了平平三撇子。哥哥不高兴，挖苦母亲，说按母亲这个会过法，"楼上楼下，电灯电话，自来水大喇叭"那个社会明天就会实现！母亲虽没文化，但也听出哥哥话里有骨头。就说哥哥，你才有饭吃几天，就要忘本？哥哥说家里又不是没油。母亲说人活着要活个长远，过日子也要图个长远，吃着上顿，要想着下顿，这样才会细水长流，不然，遇到孬年月，你连西北风也喝不上呢！说到这儿，母亲唉的一声，又想起我那个夭折的哥哥。他是在很久以前的一个灾年里饿死的，那年才 9 岁。哥哥临死时，两手攥着母亲的手哀求：娘，我想喝口油。母亲的泪唰地流了，傻孩子哟，现在连树皮都没得吃，上哪儿弄油去？于是泪就扑扑地落了，有一滴落到了哥哥的唇上，就见哥哥的脸花一样地开了，他惊喜地告诉母亲，娘，娘，我喝着油了，好香啊……

在那个孬年月，这可是一段刻骨铭心的岁月。

以后，凡是在那个时候过来的人提起那段日子都心有余悸，我们村十有八九都出去逃荒了，可我们家却靠着母亲平时的节俭而没有外出找生活，我们也真正体会到母亲的苦心和伟大。

后来，岁月的雪霜染白了母亲的鬓发，自然，掌握"油权"的重担落在了我妻子的肩上。每到做饭的时候，妻子总提着那 10 斤装的塑料桶往锅里倒，咕咚一下子，足有三四两。菜做好了，像从油锅里捞出来似的，一桶油吃不到半个月。母亲很担忧，劝妻子，虽然现在生活条件好了，可也得有谱。妻子振振有词，说现在生活节奏快了，不多吃油要影响身体的。你想想，身体不好，能干好工作吗？母亲想了想妻子说的话，在理，就不再说什么了。但有一样，妻子用那么多油做出的菜，不如奶奶用三朵油花子做的香。有次和哥哥闲聊，我问他什么最香，他想了想说，小时候，奶奶往锅里放的那三朵油花子最香。我知道哥哥说的是真心话。

去年，我盖了楼房，母亲随着我往楼里搬，老屋里的东西都拾掇得差不多了，母亲就瞅着墙上挂着的油撇子发愣。我知道母亲在想啥，就说，娘，带着吧！母亲摆了摆头说，看着它，我心里难受。后来母亲叹了口气说，想不到啊，咱们也过上地主一样的日子啦！母亲后来终于没拿，也许是母亲觉得新房里挂着个油撇子不协调。后来，油撇子就随着老房子的倒塌而消失了。随着油钩子、油撇子一同消亡的词还有油罐子、喝油虎、吃油痨等。

风中亮出自己的旗

很久了，想象风中的旗像火一样轰轰烈烈地燃烧，我的心里便激起一种斗志。那种斗志让我为了自己的追求不惜痛苦和磨难，顽强地行于自己的那条征途。

那是高考落榜之后。落榜后的我着实痛苦彷徨了一阵子。在那些日子里，我真真切切地领教了在炼狱里铸造理想是一件多么坚强多么勇敢而又多么艰辛的事。那段时间我发现了那面旗，在风中，她呼呼啦啦，以一种独特的语言喊出自己的声音。在那种声音里，我仿佛看到了一个跋涉者倔强眼神里喷射着的生命的不屈光芒。那种光芒让我心颤，让我落泪，让我又一次挺起身躯，把被打倒的目光重新投入那苍苍茫茫无边无际的旷野。我知道，我还小，路还很长，我必须去面对。

我便跟哥哥学起了手艺，空闲时，我写起了诗。那时，诗成了我生活中的一星光亮。我承认我的诗写得很糟，简直到了臭不可闻的地步，但做一个诗人的欲望自始至终陪伴着我。那点点的光亮燎在我的漫漫荒原。我把做一个像李白、杜甫、白居易那样的诗人作为我的目标，于是我马不停蹄、夜以继日、日复一日、年复一年地埋头苦写。当我抬起头，拍打着累弯的腰时，我发觉我已葬身于我的废稿纸之中。那时我才明白，从古至今，才出了一个李白，一个杜甫，一个白居易。

那个时候，我知道了我是多么的单纯和无知，我的希望就似太阳下一个光彩夺目的肥皂泡瞬间破灭。我拾到的只是自己的惆怅和满脸的皱纹。那时我明白了，我的目标是那么的可怜，那样的不堪一击。于是我就有了一种想倾诉的感觉，就是想把我的爱与恨、苦与忧、欢与笑毫无保留地告知给我亲爱善良的人们。我之所以这样做，无非是想寻找一种平衡，寻找一种发泄的快感。无论这快感是美丽还是忧伤，她都是从我撕裂的心里流淌出的。也许她的红色不够，也许她有腥气，但我知道，她是鲜活的，她是我虔诚中献出的又一个自己。

我就这样写起了散文，这是我在痛苦之中又一次亮出的旗帜。旗帜迎风飘扬，飘出一种辛酸和沧桑。这时我发现，凡是读过我的东西的朋友都用一种异样的目光打量我。他们不明白闵凡利怎么了，小小年纪竟饱含着这么多化不开的悲事和忧郁。他们就用真诚的双手抚着我，用善良和纯朴滋润着我正在滴血的伤口。我非常感谢，但我无法向他们表示敬意。因为在这个时候，我已习惯了流血，习惯了把自己撕碎，然后再组合自己。

于是我把自己献在祭坛上，看上帝用含笑的嘴一点儿一点儿品尝我的真诚。望着祭坛下跪着的男男女女，从他们那惊愕的目光里，我知道，做一面旗是多么壮烈的事啊！

于是我就写起了小说。那时的我就想在现实之外重新给人们塑造一种可能存在。在那种可能存在的空间里，天是那样的蓝，水是那样的清，草是那样的绿，人人都没有被污染、被异化，他们活在自己的欲望里。在那种童话般的氛围里，我的人物一个个鲜活而大胆，张狂而热烈。他们没有现代人的势利和俗气，脏污和浮躁。他们为情为爱去活，他们为活着而沸腾自己的生命，他们把生命活成一把火一首歌一首诗，就似三月的桃花那么的芬芳。

我知道我这样做太幼稚，我犯了一个写作人的大忌。因为人们需要适应自然和社会。可我想，人不论怎样活着，如若他没有一点精神家园，他是不快乐的，虽然人已习惯了欺骗，习惯了虚伪和无聊。但我想改变他们。我知道我是自不量力，我是拿着鸡蛋去碰那滚滚而至的火车，但我想，我只要不放下自己的笔，我就要去尝试，试着去改变。让他们活得更高尚，更美好，只有这样，我才无愧于自己那撕裂的胸膛。

我知道自己这样叙说是愚蠢的，愚蠢到了浑蛋透顶的地步。但我想，愚公搬石之所以要子子孙孙无穷无尽地干下去，精卫衔石之所以要锲而不舍地填下去，因为他们坚信，终有一天，山会移走的，海会填平的。那时的人间，该是多么美丽的仙景啊！

又有风在刮，风刮得很猛。我的旗猎猎作响。这个时候我才恍然大悟：是风成就了我。我也知道在这样的日子里我无论怎样地呐喊和抗争都无法改变风，因为风是伟大的。但有一样我可以毫无愧心地告诉深远的天空和厚重的大地：那就是我的真诚，和旗一样永远地活在风中。

漂泊或岸

一个在路上的朋友来信告诉我：他想家了。我说想家就家来吧。可那个朋友没有回家。

我不知道他不回家的原因。可我想象得出，他一个人跋涉的情景：那是一叶小小的扁舟，在风里在雨里汹涌沉浮，浪缠缠绵绵。那时他全身如洗，在如铅阴云下倔强地把着舵。后来，风住了、雨住了，大海静如熟睡的婴儿，一轮又黄又大的太阳从水里调皮地跳出，扮着鬼脸。这时，我的那个精疲力竭的朋友抹着脸上的汗水，沉迷在一种劫后余生的幸福里。

我知道，用劫后余生有点儿残酷，有点儿不伦不类，但对我的朋友的确如此。很久以后的一个黄昏，他在很远的地方打来一个电话，听着他的声音，我感觉原来清脆甜润的声音仿佛被榨去了糖分，只剩下沙哑和低沉。我问你好吗？他说他好。他说不必挂牵他，只要相信他是一只鹰就行了。我问他还想家吗？他说想。特想娘。我说想娘就家来吧。他笑了。反问我因为想娘就应该回家吗？我说家里有娘啊。他说不了。他说他是只鹰，他只属于天空。

那时我在北方的一个小镇工作。所谓的工作就是当一名报纸发行员。每当太阳还在睡梦的时候我就来到镇驻地，望夫石一样眺望着发行车的到来。阵阵风儿袭来，我不禁寒战连绵。那时我真正感觉到，我是一个十足的漂泊者。

当我驮着报纸穿行于大街小巷，把"牛奶面包"之类的精神食粮送到一个个订户的手中，我发现他们是我的岸，温馨而和平。在到达一个岸后，我必须再赶往另一个岸，这就是我的工

作，我一天的全部。

暮色四合，我步履蹒跚地回到家，回到妻子温柔的秋波里、儿子童真的幼稚里。这时我猛然发现，我的家是一个美丽的岸，是我永永远远的归宿。这儿让我充实，让我自新，并赋予我花香、阳光、幸福和甜蜜。

再后来的一天，那是一个很好的秋日，在田野，我看到有个生命在用一种目光抚摩我。他问我认识他吗？我说认识，你叫玉米。他很好地笑了。就在那一笑之间，我发现他的牙全黄了，金子一样闪着光泽，被秋风抚过发出金属一样脆耳的声响。我说你的牙怎么黄了？他笑了笑，长叹了口气，很累似的。他说我漂泊完了，我要上岸了。

我不懂他话的意思。他告诉我，生命从降世就注定了漂泊。漂泊的目的就是寻岸。岸其实就是成熟。生命就是一个漂泊的过程，一个寻岸的过程。

于是，我仿佛置身一片苍茫无垠的大海，我美丽温暖的家园却是这汹涌波涛上的一叶不定的小舟——

那时我满脸的恐慌。那个远方的朋友来信安慰我，他告诉我别哭。他说岸就是漂泊，想想，挺滑稽的。其实，漂泊就是岸。他说得诗意盎然。他说岸是一种风景，漂泊也是一种风景，都很绚丽灿烂。我知道他这是劝我。他告诉我，他身上的伤很多，每个伤都有一个美丽动人的痛苦。正因为他坚强，所以这些伤都结疤了。他说不想见娘，那是因为娘最亲。

我说你的话像哲人。我听不懂。

他说，娘的亲就是一条绳子。可我得去漂泊。漂泊才是我的家。还有，在娘的目光里，我永远是个长不大的孩子，永远不会成熟——

我说你不要说了，我已知道你不回家的原因。

亲亲我的杨柳风

有风在水样地渗我，似母亲的手、妻子的目光那么充满暖意，滋润着我疲惫的雄心。我的雄心是翱翔九天的鹰，展翅千里，俯视无垠与广阔。那广阔是那样高远，吸引着我毕生的光芒。然而我明白，浩瀚的天空，竟容不下我一双飞翔的翅膀。我不知这是天空的悲哀，还是我的痛苦和忧伤？

只有顿足于我的田野，看田里麦苗幸福的欢乐。麦子在欢呼春日的美好，让她挣脱了冰刀和霜剑，挣脱了无奈和束缚。麦苗把憋了一个季节的力量春花般地绽放，绽放出满天的清香，绽放出遍野的葱翠。我听到田野里到处都是麦苗拔节的声响，这响声是那样的刻骨铭心，是那样的惊心动魄。这响声让我羡慕，让我激动，让我又一次挺直自己的脊梁。

麦苗的欢乐其实在告诉我两个字：成长。成长是快乐的，成长是幸福的。虽然最终长成一株只有三尺的麦子，虽然她长成颗粒饱满的粮食，虽然她最终以一尾鱼的优美姿势游进人的口中，但那些不是她的忧伤。因为她是一株麦子。

是麦子就应该长成粮食。麦子在用自己给我诠释着活着的意义。人腹是她的另一块土地。虽然她在人腹里长不出子弹般粒粒饱满的粮食，但她却以自己的牺牲来苗壮人们的雄心和壮志，来诚实人们的智慧和善良，这是她的福——

一株麦子的福。

有风水样地漫过我。我知道，这是3月的杨柳风，风的温存与缠绵让我周身生发出激情。望着麦子，我明白，我和她一样，也是田野里的一株麦子，只不过，我的田野在城市，我是城市的一株麦子。我知道，城市这块田野是贫瘠的，泥土里没有一点儿的油腥。可这块土地却诱惑着我不停地疯长，长成饱满的粮食，去喂活那些口是心非的笑容和贪得无厌的嘴巴。

这是我的错。一株在城市里面黄肌瘦的麦子的错。

我就看着风，风里有着杨柳风的清香，那枝叶舒展时的鲜嫩和清新，这是春天的味道。春天的味道甘甜得让我心疼，让我眼里结满晶莹的果实——这是久违的季节。

我就望着麦子，又一次闭上眼，让晶莹的果实滚落在春日的沃野上，让她扎根，让她发芽。

我只有用嗅觉去抚摸春天，抚摸那梳我而过的风儿。我抚摸她的手，她的脸庞，她的发梢，她那二八女子一样驿动不安的心。她的心跳是那样急慌，那样羞涩，那样温存，那样有力。

我不忍放下我的抚摸，我的抚摸在这个时候就成了我的神，她能救我，她能使我吉祥，她能使我早已风干的雄心渐渐湿润、苏醒，充满着涅槃后的生机和力量。

这是春日，这是我3月的杨柳风，望着麦苗，我低下了头，我知道，在这样的日子里，我不如一株麦苗。这是我的罪，这是我的丑。

我就望着风儿，风儿在向我微笑，甜甜的笑容春花一样开在她的唇上。这是春天的唇，那么充满诱惑和骚动。我把自己腊肉一样的嘴儿伸向了她，我知道，她一定不会躲藏我，她一定会给我热烈和豪放、欢乐和幸福——

成长的幸福。

像桃花一样胜利

当我发觉2008年的春日在某个早晨光临的时候，那时的桃花已经开了。桃花开得热热闹闹、生机勃勃，在这个阳光明媚的日子里以一种傲视众生的王者之姿，站在那块属于她或贫瘠或丰腴的土地上，随杨柳风的婀娜妩媚，摇摆出不尽的妖娆和绚丽。

游在这桃花郁郁葱葱的海洋里，我有一种被什么击中的感觉。这感觉来得突然而真切，使我的羞辱和自愧波涛一样地汹涌，在我心中来来回回地拍打。我无法去让自己坚强，以示自己是从不低头的硬汉。这个时候，我的自卑就似桃花那轰轰烈烈的芬芳，一览无余地淹没了我，我的呐喊和奋争在这粉红色海洋里，变成了一种颜色一缕花香。

我知道，这个时候我想急切地融入桃花，和她一起抒写生命的开放，让生命的美丽在这个时候达到极致的辉煌和壮观。我明白，自己从田野的庄稼地里钻出，没来得及抖掉头上的高粱花子、没有擦掉脚上的泥巴就赤足走进城市，加入他们的歌唱。放在他们当中，我的形象不伦不类，如同羊群里混入的一只马驹。我发觉，周围的人们在以一种异样的眼光审视我，拷问我，他们的目光里燃着火苗，灼着我那敏感而又脆弱的心灵。我无法去回答他们，我知道我的解释微不足道，在他们的目光里只能换回鄙视和嘲讽，他们的高傲就似大公鸡的尾巴那样张狂而热烈，我无法面对但又必须得接受，我明白这是我的疼和痛，这是我的苦和忧。

于是，白天我在城市里似一头套子里的牛勤恳而执着，在我的田里本本分分地耕作，我的耕作使我的痛苦在那个时候似春日

雨后的野草那样撒欢般疯长。因为我是人而不是牛，我有我的理想和追求，我有我的尊严和人格。可我不停的劳作使我换得的只是一顿加上玉米面的草料。我不明白这个城市怎么了，对我为啥这样的吝惜，让我流成河的汗水只换回几粒小小的瘪豆，我不知道现在这个城市为何以一种病态的红润上演着健康，而所有的一切深沉而又明了，让我无法去追问，只有在日坠西山，我踩着夕阳余晖用蹒跚的脚步叩响我的田野，我才发觉，我是那样的势利和俗气。这个时候，我的土地展开她博大的怀抱拥着我，给我试涂着斑马花纹一样的道道伤痕，让它结疤，让它长成硬硬的茧。那个时候，我躺在田野那妻子一样敞开的温柔里，我才明白：在城市里劳作是我生命的一种开放，就似今日艳丽的桃花。

面对桃花我才明白，融入这种灿烂其实并不是多么的艰难，桃花的美丽在于她超脱了世俗，以一种大真大诚向尘世献上她的纯和美，就似圣女一样脱光自己在朗朗的太阳下在众目睽睽下展示自己那无边无际的光华，在这样的时候我明白了，痛苦的永远是我们。

我就想急切地和桃花站在一起，在桃花那如潮的绚丽中洗涤自己的躯体。我的身体满是尘埃，几千年来的欲望和忧伤盔甲一样穿戴在我那疲惫的心灵上，任怎样的捶打漂洗，洗去的只是表面可怜的一丝。那时我才在桃花跟前低下了头。我知道，在春天这样的季节里，胜利的永远是桃花。

踏雪寻梅

站在窗前远眺外面的风飞风舞雪开雪落，是我生活在这日子里的全部。我知道这是冬日，我知道这个季节在以一种浓浓的挚情爱着他的所爱，就似我爱着那遥远的梅。

很久了，我不知梅是否还在以那种姿势站着，站成冬日里的一片绚丽和满眼的生机。我只知梅很独特，独特得让这个日子对她束手无策，只有任她开，并给她敞开所有的空间让她飘香。这个日子，她是开在雪里的唯一花儿。虽然这个季节还有许许多多的花儿在抒情，让她们温馨的柔情和甜美的笑语撩拨你的欲望。比如娉婷的水仙，只是她的清香开在屋里，开在那春光明媚的温室里，她的芬芳也就只在那温暖的屋子里，走出屋子，她的香就散了，花就败了，败得一塌糊涂，败得狼狈不堪。可梅不同，梅是开在风里的。如刀的风儿逍遥自在地刮着，趾高气扬地向梅炫耀残酷和手段。可梅不怕，只是郁郁葱葱地开，昂着不屈的脸庞，和雪一样，活成这个季节深处最壮烈最精彩的一段华章。

走进这个季节时，我就开始好好地惭愧自己了，我明白冬日的苦心，他是在用一种佛心来让我大彻大悟，在这样一个漫长而空寂的日子里，让我静静地坐下思考自己。我知道，在另外的季节，万般的美好和鲜艳诱惑得我们浮躁而张扬、轻狂而虚飘，做着一些自欺欺人的傻事，开着一些自以为是的玩笑。虽然在那些时候，我似上弦的箭，没太多时间和精力来检验自己，只任自己去飞，风筝一样地随风而舞。可如今，冬日用他冰凉的手在给我降温，他从头到脚抚摸着我热得发红的肌肤，使之冷却，使之回归肤色。那时，我才发觉，我的额头已发皱，黑发已枯干，原先甜润的嗓门被榨去糖分。

我知道，我该走出屋子了，我得去寻找那遥远的梅。

凛冽的寒风里，我的目光东南西北地流浪。四周无边无际，茫茫漫漫的旷野夸张着雪的爱意。我明白，在这个时候，无论我怎样地站着，在雪地里只是一个耀眼醒目的黑点，和冬日那坦坦荡荡的纯洁格格不入。这时，我才知道自己被世俗污染得不可救药。

于是，我流泪了，流泪是我向这个季节忏悔的唯一方式，虽然我也有狠狠抽打自己耳光的想法，但耳光只触及我那无辜的皮肉，而真正的罪魁祸首只是躲在一旁幸灾乐祸。我不知道这个时候什么能拯救我，善良与正直，还是忍耐与坚强。我只有不停地走，走向梅，走向我那心灵唯一的慰藉。

脚下的雪吱嘎嘎发出抗议，我知道是我打扰了冬日的宁静，打搅了雪酣甜的睡梦，并在她洁白的胸膛上留下一条污秽不堪的印痕，这是没办法的事。我明白，无论怎样去漂洗自己的躯体，但身上存有的气味总是那样令你作呕，因为我是人，是一个为生活不断扭曲、不断逢场作戏的人。

一股清香破雾而来，她越来越浓烈越来越醇厚。我知道这正是我要寻找的那株凌雪怒放的梅。在雪花缤纷的时节，她对映吐蕊。她是在以一种意志和雪比试，谁的花最白，谁的秀最幽，谁的花期最长，谁的爱意最洁白无瑕。虽然，这个季节在以一种心情袒护着雪儿，让她漫天飘舞，让她铺天盖地去占有所有的空间，而梅只是站实脚下的一小块瘠土，却把她生命的能量和不屈的斗志燃烧成一堆熊熊的篝火，烧炙着每一个追寻者的神经，照耀跋涉者的征途。

我知道我该走向她，走向她才是我在这个冬日无怨无悔和义无反顾的选择。因为只有在梅花那用浓情营造的空间里，我才能好好荡涤自己那已染墨的心灵，才能重新使自己底气充盈，焕发出无边无际的风采。

向麦子敬礼

在五月里，收获麦子是一个非常美丽的故事。五月阳光如炼，在一望无际的土地上塑造着麦子。麦子金黄，随风摇曳出扑鼻的芳香。那种芳香让人兴奋，让人疯狂，让人流泪。

流泪的原因是农人知道麦子在这样的季节里像秋日一样奉上了自己。那种坦荡，那种真诚，那种无奈，那种辛酸，揪着他们的魂。麦子走过的路艰辛而漫长，从秋日入土那一刻起，开始是芽，接着是苗，战栗在萧萧的风中，然后是漫漫冬日里冰刀雪剑的磨炼。

冬日终要过去的。但冬日必须要走，这是麦子注定的命运。那时我的农人坐在冬日的田头，抚摸着那火苗一样鲜活的麦子。他们知道，麦子是苦，活得不容易，就似人生。但他们明白，这就是活着的代价，是没办法的事，必须得面对。

那时，麦子就在冬日里波澜不惊地活着，默默无闻地把自己活成一种忍。在那样的季节里，忍就成了一种精神，就成了春日里的一丛绿色。那绿色是那样晃眼，让我们这些碌碌者自惭形秽。可我们是人，是具有思维的高级动物。我们有心，有嘴巴，会说一些冠冕堂皇的理由。理由是那样的充分，就像五月里的麦子一样沉甸饱满。我们的饱满让弯腰的麦子感到了羞愧。那种羞愧使麦子在五月里感到生命活过的空白，感到了一种嘲弄和伤悲，感到了他的生命只是一种玩笑里的笑料。那时，麦子就坦荡地献出了自己，在五月朗朗的烈日下。

那时，镰刀开始歌唱。沉寂了一年的镰刀从锈迹斑斑的痛苦和失落中走出，走向他的舞台。他的舞台宽广而明媚，热闹而缤

纷。我们的镰刀就上下翻飞，用锋利的刃完成一个个生命的最后仪式，那就是结束。

镰刀沙哑的歌喉便开始了圆润，开始了嘹亮。麦子的血滋润了他的嗓，磨利了他的刃。他的刃在太阳下灼灼刺目，面对着麦子，他像久远之前的秦始皇，站在坑前望着坑下的那些儒者的头巾，头巾或黄或绿，但在他眼里，那只是一块布，他的霸道就是让那些布变成土，肥沃他的土地。就像麦子，喂饱他们的肚皮。

于是，我们的麦子就齐刷刷地倒在农人的怀里，像婴儿一样，那么安详。我的农人汗水如注，沉浸在一种喜悦中。那喜悦让麦子心安，让麦子明白自己没有虚度逝水的岁月。虽然他们明白自己的最终归宿是葬于人腹，可他们却无怨无悔，因为他们真诚地活过，无愧于生养他们的厚土。

在五月里丰收，一望无际的田野里一片空白。六月将至，空白之中又生出点点绿意，那是玉米。玉米不哭。玉米正努力地把自己活成一棵树，撑住这个季节。

远山如烟

9 月的一天，我去枣庄。那天我早早地来到轩辕车站，在秋寒瑟瑟的晨风里，我把公共汽车盼成了一种焦急和遥远。

很久，亲爱的老爷车才顶着一头露水破雾而至，在百痍千孔的柏油路上，抖颤成一位步履蹒跚的老人，那么的让人心怜。那时我想到了山，想到了山的厚重和稳固，在风里在雨里在许许多多意想不到的打击里，永远地和大地相拥相连，成为一个有机的整体。

于是我看了眼西北处的罗汉山，在雾中朦朦胧胧，蜿蜒透迤成一种气势和性格，让我一生都咀嚼不透其中的内容和玄机。我承认，对山认识肤浅，我只知道山以一种真实和坦诚向大自然裸露自己、表现着生命。

我上了车。在汽车启动的瞬间，我又回头看了一眼罗汉山，这一眼我看得潦草匆忙，现在想起来还很内疚。当时只想，这只是起点，路上还有很多的山和风景，还有很多的时间和机会。

车过薛水，眼前就是千山。此刻，千山笼着白纱，在如烟的晨雾中像一位正在沐浴的少妇，团着粉色的雾，溢着摄人的香，在朝阳的万束霞箭里，绚丽地神秘成一种诱惑。

山越来越清晰，越来越让我激动不已。山敞开的芬芳让我遐思无限，让我领悟了许多生命的真谛。在斑驳绿苔的山谷里，我看清了生长着的大树、小草和皱褶，这是生命的谷，这里氤氲着灵气。我知道，这里孕育着阳光、水分和空气，这儿是生命的再生之地，是我们永永远远的家，永永远远的归宿。那个时候我恨起了自己的虚伪，恨起了我们所谓的文明。我们的文明总是以一

种庄严和肃穆训示着我们的衣食住行，目的是让我们合他的口味，顺他的眼，总的来说，符合他的审美标准。

我不仅为自己悲哀。那时，秋野待收的玉米正以饱满的激情抒写着生命。我不知如何安慰自己，唯一的办法就是抹去泪水。我知道，自己活得很艰辛，就像背着房子到处流浪的蜗牛，每一步都在身后留下深深的沟，后来这沟就成了河，流着涓涓的水，水是那样的清澈和绵长，我知道，那是不尽的苦和忧。

也许我这样解释有点儿偏激，我只是想告诉亲爱善良的人们，活着并不是一件轻松的事，痛苦和忧愁像河水一样缠绵悱恻，无处不沁，因为她是温柔至极的水。

我就深情地看着山，山也在看着我。我不敢正视她热烈的眼睛，因为我活得文明。

就在我低下头的时候，山渐渐地离我远去。这是不可避免的。我清楚地知道，我在不停地长大，不断地变换角度去感觉山的深邃和生命的痛苦。我感觉痛苦是因为我想笑得开心，活得自在。

千山渐渐走了，走得义无反顾，谁也拉不住她的手，我明白，这不怨山，因我要赶路，我要不停地成熟，于是千山的离去在我的思索中变得越来越朦胧，后来成了一团雾，一团缥缈的烟，罩在我的心头。

后来，车停了，我知道到站了，回过头来，我重新审视自己的路，我发现，千山顶部的一块巨石上正开着一朵花。那花雪莲一样洁白，在紫烟的烘托下异常醒目。我知道，这朵花太美、太娇嫩了，我永远也不会得到。

给春天扮个鬼脸

早在秋天，我就盼望着冬天的到来。那时我在北方的一个小镇上当通讯员。通讯员是个很辛苦的差事，白天忙，晚上也不得清闲。记得有次，早上起床连脸也没洗就去参加一个会，回来后赶稿。等我交稿，已是万灯尽灿。

我热切盼望冬天的目的，就是在白雪皑皑的日子寻找一个属于自己的时刻。那时也不去采访，也不写稿，就一个人静静地坐在屋子里，过一个真正的礼拜天。

后来冬天来了，冬天来时雪花并没有来，世界很和平，唯有努力扎向天空的光秃树枝在暗示冬日的深入。我还是周而复始着我的工作。那时，天空已经让人们知道了寒冷。可我通身如炉，后来我才明白，我和冬日之所以唱反调是因为劳作的缘故。

再后来，真的下雪了，雪下得很大，很快天地被一块纯洁盖住了。那时，我真为冬日感动，我看到万物和我一样，脸上露出满足的神情，乖顺地躺在冬日的脚下，儿子一样，任冬日用温柔的手母亲般地轻轻抚摸。

那时我端坐在屋里，轻松地点起一支烟，吸着吸着我的眼里就呛出了泪，泪是黏稠的，它像盐一样折磨着我的心。抹着泪，望着窗外漫天开出晶莹和心性的雪花，我感觉自己腹空如竹，仿佛是一只纸鸢，微弱的风就会吹向天空。我开始不安，开始知道从从容容的休息对于我是一种煎熬，一种痛苦。我知道我是上紧的发条，我的生命就是不停地去转，停止了也就失去了生存的意义。

雪停了，我又开始了劳作的继续，在雪地里我来回奔波，虽然西北风刀子一样割我的肉，让我流鲜红的血，但我过得很开心，很充实。

那时我给自己留下了唯一的愿望，就是在春天，潇洒地扮个鬼脸，就为自己。

春天来时没有惊动任何生灵，当一只鸟落在我的窗口，一朵黄花开在我的窗前，我知道，春天已踏着轻快的脚步款款而至。望着窗外清新的天空和生机勃勃的太阳，我说不出的兴奋与激动。这时，我想起了那个愿望，于是，对着窗前叽叽喳喳的小鸟扮起了鬼脸——等我回到镜子跟前时，我发现，里面是个满脸皱纹的家伙——

后来，我收到一封信。信是春天寄来的，他真诚地告诉我：不必扮鬼脸，其实我们都很潇洒——

在冬日里开放芬芳

窗花盛开的时候，雪花正如火如荼地芬芳。西北风来来回回地扫荡，把这个季节扫荡得满是内容。那时，我正站在窗前仔细阅读这个冬日，读他的所有细节，所有的痛苦和欢乐。

关于冬日，我知道得很少，但冬日的坦荡和真诚让我这个满身俗气的家伙无地自容，和冬日站在一起，我知道我真没有勇气脱光自己和她比一比谁最纯洁。我承认，我浑身伤疤，丑陋无比，就像百年柳树的沧桑那么沉重和艰辛。我身上的灰尘无比肥沃，冲洗一下能上壮老家的 3 亩责任田。所以，我罩着崭新的西装，西装做工考究，魅力无比。

我这样述说并不是仇恨自己。我只是想干净地沉入冬日，和冬日一起孕育我的诗情。我的诗是这个季节的生命，在这个冬日梅花般地开放，绽出漫天的清香，就似那窗外飘舞的花儿，清淡、美丽而高雅。

雪花在替冬日抒情。我明白，雪花越来越潇洒，越来越让人喷叹不已。在雪花的感染下，窗上也开出了一种花，那花开在玻璃这块纯净的土地上，迷蒙了我的视线。

玻璃上的花儿清清楚楚，异常的温柔，她清淡纯秀，有着处女般的芳香。她开得不急不躁，我不知她挡住我视线的意图，她是在告诉我什么？

冬日越来越深入，越来越让我感受到了她的博大精深。窗上的花姿也越来越俊秀，越来越让我感受到她的妩媚。这个时候，我深深地体会到：开出一朵花是多么美丽的事情啊！

玻璃本是没有生命的，玻璃的一面假如镀上水银，它就会成为镜子。镜子是好东西，她能让我们看清自己：自己的落魄与气派，丑陋和潇洒。走上窗户的玻璃保护着我们，使我们与这个季节分开，让冬日在这个季节里对我们无可奈何。可隔开的冬日却在疼痛中苦苦挣扎，她忍受着孕育的磨难。在痛苦的磨难中，窗花开了，她用一种美丽转换了我们的视线，使我们在这个漫长的季节里保持着赏心悦目的心情来走过漫漫的征途。我知道，窗花是冬日的使者，她是冬日爱心凝成的花儿，在艰难的孕育中使我们的疲倦得到抚慰和关怀。

太阳升起来了，窗花就凋零了。她凋零得很从容，该谢的时候就谢，就像一个演员，没戏的时候就毅然走下舞台。从那震耳欲聋的掌声和义无反顾的背影中，我明白了：是一个演员，就要演出自己的掌声！

窗花凋零得很迅速，不一会儿玻璃上就流出了长长的泪水。从那一滴滴悄然滴落的珠子中，我听到窗花对我说：生命虽然短暂，也要把她活成一种美丽。

那时你的窗外，该已是春天了。

隔山观鸟

那天，我站在河边，心里很乱，后来，我的目光被一只鸟抓住了。那是一只彩色的鸟，艳得掠人。最让人叫绝的是它的翅膀，抖开是一面不屈的旗帜，那么富有刚性。那时，那只鸟看了一会儿天空，仿佛在思想着什么，接着便振翅而翔，飞向蔚蓝天空。就在它起飞的瞬间，我看到那双翅膀或多或少地受了伤。虽然它起飞的姿态干净漂亮，完美得让你无可挑剔，但它翅膀上下扇动时眼里流出的苦痛，我一眼就读出了。

鸟在天空越来越高，天也越来越高。那时，那座山很好地挡在它的眼前。山很高，以一种气势和傲慢直耸云霄，不可一世。鸟在不停地向上。它使劲扇动翅膀的时候，我看到它刚刚愈合的伤口又撕裂了，流出点点血。那血从空中垂下，划着哨声，把空气划得凝固而充满铜质的嘹亮。

天空飘来了一片云，那云很白。白的让鸟翅上的伤成了一个耀眼的点，那么醒目。血很红，红得云更加纯洁和充满了韧性。那时，那双翅膀刀子一样穿云而上，剪下了片片云儿如3月飘扬的柳絮，像天女撒下的花瓣那么富有诗意。

我明白了，鸟儿。那时，我看到一个精疲力竭的孩子，从童年的原野走来。他光着脚丫，穿着破烂的衣服，浑身疲惫地走在那个多雨而泥泞的季节。孩子身后是一个个歪歪斜斜的脚印，脚印虽小，可很深。特别让人难忘的是那双眼睛。那是一双让人心颤的眼睛，里面盛满了倔强和挣扎，没有一丝的泪水和乞求。他的嘴角被他的牙齿咬出了血，在嘴角流成了一条小溪。后来那个孩子告诉我，他的嘴角流出的不是血。

是什么，鸟儿最清楚。越过山的鸟儿此刻在山那边的天空里轻捷而自在地飞翔。它知道：山再高，也高不过它的翅膀，它的翅膀才是最高的峰！

写作感言：

我对孩子说：

我发现那只鸟，是一件很偶然的事，那时，我在一个叫滕州的小县城里的局办公室里干秘书。工作上我兢兢业业、废寝忘食，但因我是临时工，在那年我们市清退临时工、合同工时，我被撵回家了。那时我心里很痛，在河边散步时，我发现那只鸟。它以一种不屈和顽强给我上了一课，它震撼了我，它告诉我活着就是飞翔，就是拼搏，就是敢于向所有的挫折和痛苦说不！也就在那之后，我重新鼓起了斗志和勇气，用自己的笔为自己写出了一片天空。2004年，因在文学创作上取得的成就，我们市破格给我解决编制并安排到我市创作室工作，我成了我们这个小城20年来唯一一个由初中毕业的农民靠文学创作而改变命运成为吃"公家饭"的人。

人的一生是由无数的痛苦和挫折组成的，面对它，不气馁，只要心在飞翔，天空永远属于你！

因为你是最优秀的！

漫天黄花

那天，我去县城。县城在正北方，距我家 40 多里，望着身边闪瞬而逝的景象，我明白城市也是我的一块庄稼地，就似我挚心的文学。我有很多的种子要在那儿播种，有很多的汗水要在那儿挥洒。虽然我西装革履，外表上给人一种城里人的假象，其实，我依旧是头顶高粱花子的农人，我的一举一动一笑一颦都挥发着泥土的味道，味道是那样的深沉而悠长，醇厚而强烈。

那时，我骑着那辆老掉牙的自行车走在 2009 年春日的路上，随着村路的坎坷，我的车儿一路欢唱，这条寂寞的路儿登时鲜活起来，满了内容。我发觉我似行驶在海上的一叶帆，随波涛的汹涌在领略着颠簸的快感。脚下的路绳子一样柔韧，一头系在我心上，一头被城市紧紧地攥在手里。城市那边一动，我的心就会莫名地慌起来，痛起来。

此时，道路两旁的麦苗正以奔放抒情的姿势展示她青春的蓬勃，嫩绿成这个季节里最赏心悦目的色彩。随着杨柳的摇摆，荡漾成这个季节的调皮和直率，成为这个日子里最温暖的底色，去湿润我由劳作而愈烈的疲劳和辛苦。

脚下的路逐渐平坦下来，那平坦的感觉仿佛让我这个漂浮者从浩瀚无垠的汪洋里看到了岛屿，那种活下去的欣喜和激动是那样的惊心动魄。

我知道，城市越来越近了。

猛地，我被眼前的一种黄色淹没了，那是铺天盖地的黄，黄得非常纯正。那是晚霞的颜色，里面有金子一样的光泽，光泽是

那无孔不入的香，向我扑面打来，我趔趔趄趄，有了一点儿晕头转向。我努力地让自己清醒，我知道这是油菜花，两天时间，她便把原来的绿色全换成了金黄。说起来这两天在春日里很平常，一点儿特殊的内容也没有，可恰恰这两天，花儿一齐绽了，她用生命中金黄的颜色把自己盛开成一种极致的绚丽，成为这个季节里用花朵证明自己的庄稼，成为芬芳地活过、让这个季节无话可说的生命。也许油菜知道，春天是一个挑剔的季节，如果没有艳花，没有芬芳，活在这郁郁葱葱的日子里那是多么痛苦和尴尬啊！所以油菜就用生命的能量，把自己开成这个日子里的一片亮丽的云霞，来美丽我们的视线。

此时我似一条鱼，游进这浩浩荡荡的黄色海洋里，游进这烧刀子酒一样热烈的生命激情里，让那泼辣浪荡的花香拥着我。这时，我似怀春少女，千种风情万种娇媚荡在心头，那是一种全身在飞的感觉。

我知道自己该好好闻闻这香，好好看看这花。因为，花是这个季节和我心对心交流的唯一语言。我放好自行车，来到田头。用手把一株油菜拉至眼前，我被这一小株油菜的开放震撼了。这株油菜很瘦弱，几乎不经意呼出的一口气就可把她弯曲，但她却用小小的身躯撑一蓬云霞，开得异常专注、疯狂。那种疯狂，是不要命的疯狂，是为了开放而不惜一切代价、今日开过明天就死而无憾的疯狂。

望着一望无际的花，嗅着浸人心肺的香，我知道，花香海洋里浩浩荡荡的芬芳都是这一株又一株油菜的开放汇集的。我仿佛看到自己，正伏案在陋室里，用秃笔描述每一株油菜的开放与芬芳，透过每一株油菜的不屈与斗志描述每一个人的生存与顽强，每一篇作品的出现就似每一朵油菜花的开放，在感动着你我，震撼着每一个善良敏感的心灵。这时，我脚下的土地便不安起来，接着便散发出一种黄色的香气，像这浓郁的油菜花香，弥漫开来，越来越烈，逐渐饱满了整个天地，整个天地中的人或物都被净化成了一种颜色——金黄的芬芳。

　　于是，我明白了这漫天开放的黄花就似茫茫奔波的人海。我骑上自行车，向城市奔去。我骑得飞快，快的原因，是我想尽快地进入城市，进入我的庄稼地，去做一株怒放的油菜花，开出自己的香。

桃花灿烂

写下这几个字的时候，桃花已经开了，桃花开得郁郁葱葱。那时我正站在苗圃里，注视着那棵小小的桃树，默默遥想远方桃花的灿烂。

本来朋友约我去金寺看桃花的。金寺的桃花漫山遍野，铺天盖地，很是壮观。朋友对我说，金寺的桃花把自己开成了一种潮、一种雨、一种精神。我想了很久，没去。没去的原因，是我不想让自己惭愧。

我知道自己活得不潇洒，在这个尘世上是最谨谨慎慎认认真真的一个。我有很多惭愧的理由和事情，可我不能去面对桃花。因为从生到死本来时间就很短暂，生命没有给我们留出充足的时间去静静地忏悔。

桃花开了，桃花开得义无反顾。桃花绽开的时候，我已挣脱了棉衣。在春天里，我嫩叶一样承受着春风的吹拂、春雨的洗礼。我的眼里盈满了泪，这些泪都是水。我明白，我是为桃花流的。

很久了，我就想流下一种泪，给那些绚丽的花儿。我想告诉桃花，你们的竞放让我感受到了生命的热烈和鲜活。在春天这样一个崭新的季节里，我的心好羞。

羞的原因，是我明白了桃花，明白了桃花的灿烂是在完成着一种美丽，桃花就是在抒写着一种生命。那时我明白了，生命就是一种开放，是一块土地，你种种子，他长庄稼。

很久以前，那个约我的朋友对我说，看看金寺的桃花吧，真的，你想哭。

我想，我已有很多流泪的理由，金寺的桃花于我是一种缘。我想看了，我的生命便会增加一种沉重，一种刻骨铭心的颤抖和不安。在金寺桃花灿烂的芬芳里，我只会感到自己的渺小和真实。

我不想真实，真实了我就会陷入一种痛苦中。生命已满怀了疲惫和辛酸，虽然也有鲜艳和芬芳，但对桃树来说，那用心血啼开的花儿，花期也只是短暂的一瞬，接着就飘零了，生命就进入了漫长的结果历程。

苗圃里的那棵桃树很小，小到了只开几朵花。但这几朵花却让我感到金寺桃花里没有的东西，那是一种孤独，一种倔强，一种傲立，一种默默无闻的开放。

花　香

孩子把花儿举到我的鼻子上。

孩子问，爸爸，香吗？

那时我心里正烦。因我在生活的路上被人踢了一脚，把我正端着的饭碗给踢掉了。摔了，摔了十八瓣儿。

我很为那只饭碗可惜。那只饭碗是玻璃做的，做工很精致，造型很美，我很在乎。

我把孩子推到了一边。我说，去！去！一边玩去！

孩子看着我，怯怯的。孩子的眼睛很委屈，有水雾在里面飘，就像我在水里沁着的心。

我有些可怜了，就唤了一声。我把孩子又拉了过来。我抚着他的头，我说，孩子，爸爸烦着呢！

孩子看着花，又闻了闻，孩子问，爸爸，你为什么不看花呢？

我说，爸爸不想看。真的，爸爸没心思。

孩子问，爸爸，难道是花不香吗？

我说，不是。不是花香的事。

孩子的眉头皱了起来。孩子问，爸爸，还有比花不香更大的事吗？

我的心一动，我说，孩子，花很香。

孩子说，爸爸你骗人，你没闻，你怎么知道花很香呢？

我把花又拿了过来，放在鼻下，用力地闻了闻。我说，我闻了，是香，是很香。

孩子摇了摇头。孩子说，爸爸，你没有真闻。

孩子说，爸爸，你要是真闻了，就会觉不出香了。

我对着花又使劲地抽搐了几下鼻子，我说，是香啊。真的，香。

孩子用手指着掐断处，那儿正有汁水在涌。孩子说，爸爸你看，花，在流血呢！

孩子问，爸爸，你说，花她疼吗？

我的心一颤，我说，疼，一定很疼的。

孩子说，爸爸，如果要不掐这朵花，这朵花不流血，这花儿就光是香了。

我说是的。

孩子说，爸爸，这花儿要光是香该有多好啊！

我说是的，要光有香多好啊！

孩子说，爸爸，我以后不再掐花了！

我说，不掐掉，你怎么会拿在手里呢？

孩子茫然了。孩子问，那，那我该怎么办呢？

我说，要么你不再闻花香，要么你不在乎花疼的事。

孩子似懂非懂地看看我。我知道我这话说得太拗口，太有哲理，太大人化了，我想，孩子大了，孩子就懂了。

懂了就会明白，花儿为什么会被掐掉，爸爸为什么烦恼了。

洁　水

孩子坐在池边，看着水中的一朵莲。

莲是睡莲，开得很害羞，像刚刚有了心事的处子。

孩子的眼睛很纯，纯得就像那一池水。

水中有鱼，是很肥的那种鱼，臃臃肿肿的。

鱼悠悠地游，无所事事地游，很欢。欢得水更静了，欢得莲更美了。

孩子的眼里就有了笑意，笑很纯，就像水中的那朵莲。

孩子说，叔叔，你看，水儿多静啊！

我摸着孩子的头，我说，孩子，是静。

孩子说，叔叔，你说，这叫美吧？

我说，是美。真的，很美！

孩子就笑了。孩子说，叔叔，你真好！

后来，我发现了鱼。鱼在水面上游。鱼太张扬了，招招摇摇地游。游得我的心里痒痒的。

心一痒，我就明白自己该做什么了。

那时孩子已回家给我端水去了。我跟孩子说，我渴了。

孩子说，叔叔，帮我看着水，我去家里给你端。孩子一离开，我就下了水。

当然，鱼是有头脑的，在水里和我展开了对抗。

我把自己弄得很湿，很狼狈。那时我的眼睛里出现了火星。那火星把我燃烧了，烧得我不是我了。

这时孩子端着水来了。这时我已抓到了一尾鱼。鱼很肥，肥得我的口水泛滥了我的嘴巴。孩子看着我手中的鱼，眼里出现了迷惑。那迷惑里燃烧着他小小的愤怒。孩子说，叔叔，你，你干什么？

我说，孩子，你看，这鱼多肥啊！

孩子说，你干什么呀，你干什么呀！

我看了看孩子，又看了看我手中的鱼。鱼不屈服，鱼在挣扎。

孩子用手抹着眼角的泪。孩子说，你怎么能这样呢？

我说，我，我，我哪样了？

孩子指着水说，你把我的水弄脏了。你把我的水弄脏了！

我就看了眼鱼，我发现，鱼的眼里有泪。

那朵睡莲，已是泪水满面了。

金犬吠春旺旺旺

雄鸡高昂去，金犬旺旺来。2006 年就这样在我们的期待下走向了我们。回首 2005 年，有太多的感动和遗憾。感动是生活中许许多多个你我用真诚和爱心对心灵柔软地方的抚摩，她让我们的心灵震撼，让我们的良知在不停地反刍自己，自己应该做些什么，来对得起自己和以后的岁月；遗憾是时间过得太快，我们有很多的事还没做完，有很多的话还没有述说，有很多的理想还没有实现，有很多的感动还在品味。

农人在春日撒下种子，就会在秋日收成丰硕。而作为一个靠码字为生的作者，我知道，我身上承载着许多好人的期盼和希冀。期盼是那样的焦灼，她灼烤着我敏感的心灵，我知道，我的一生将要在这种敏感中走下去，直到永远。于是，我在盘点 2005 年收成的时候，又赶紧给自己定下 2006 年的计划。计划就是目标，他时时刻刻提醒着我自己不要倦怠，就像我的农人一样，我还没给我的庄稼浇水、施肥、锄草、打杈——所有的这些，他会让我更快地走近目标，去拥抱自己的收成。

2006 年元月初，恰巧我家的黄儿下了崽，是个"独生女"。黄儿是条狗，走狗。随着 2006 年的逐渐深入，黄儿女儿的叫声逐渐响亮，我知道，那是她对生命的礼赞。她时时刻刻在告知我：只有成长，才会旺、旺、旺——

风筝满天飞

天一放暖，花儿就蓄劲开了。花越开越浓，春就越来越近了。

田里的花儿铺天盖地，姹紫嫣红。此时，天上也开始开花了，后来越来越多，饱满了天空——是风筝。

很久以前，我认为风筝是天空开出的花。那时的我还很小，很小的我经常跟着二爷爷玩。

二爷爷最爱的就是放风筝。二爷爷60多岁了。但他和我们小孩一样，玩得很迷。

冬天里，雪花绽放的时候，二爷爷就开始扎风筝了。二爷爷不扎青蛙、龙、蜈蚣之类的风筝。不是不会扎，二爷爷扎的龙在天空中活灵活现，真的一般。二爷爷说，他不喜欢这文静的天上飘着这么张牙舞爪的东西，不美。二爷爷喜欢扎花，二爷爷扎的花风筝特别的俊，二爷爷最爱扎的是梅花。梅花很白，微微透着些红，很富生命力。但最动人的还是那白。白得整个天空都颤颤的、香喷喷的。

放的时候，二爷爷一手牵好几个。别人一手牵一个还放不起。二爷爷的风筝不，只要他一松手，迎风一跑，风筝就全开在了天空。最多的时候二爷爷一手放过10个风筝。线都有条不紊，从不纠缠，旁人都想跟他学这一手，可总也学不会。

二爷爷一年只放一次风筝。二爷爷的风筝在天空开花的时候，那时所有的风筝都在地上叹息了。所以这一天就是二爷爷的日子。二爷爷的周围就聚了一堆人，一堆人就都把脸开成向日葵，仰望着天空中的风筝。大的花，小的花，忽上忽下，生动着天空，很诗意。

暮色西沉，该收风筝了，二爷爷就松开十指，手中牵风筝的线儿就飞上了天，只一会儿，就飘得很高，很远……

二爷爷看着风筝说：走吧，你们都走吧！之后，就长叹一口气，如释重负。所以二爷爷扎了一辈子风筝，放了一辈子风筝，最后一个也没留下。

村里好多人都纳闷，问他：怎不留一只呢？他只笑笑，从不说话。

后来我长大了，长大的我渐渐地明白了：那是因为二爷爷把风筝都交给了天空，把他们各自的"线儿"都还给了自己。

冬之门

雪飘了。开始小，小着小着就大了。

那时你站在了雪里，在雪里你站成了一棵树。那时没风，没风的雪下得很多情，像刚刚在心里装了爱情的处子，很温柔，很缠绵。

你站了很久，你望着雪，雪没有望你，雪在走她的路。她的路其实很简单，就是从天上飘到地上。很漫长，也很苦。

你伸出了手，那是一双纤细的手。你捧着了一粒雪。捧着那粒雪，你想寻找出什么。

寻什么？那时你想起了家，你想雪是个流浪的孩子，扑入大地，目的就是回家。

关于冬天，你知道得很少，母亲告诉你，下雪了，就快点回家。

你想，对雪来说，大地是她的归宿。可对你来说呢？冬天是最好的家。因为这里最安宁、最含蓄。这里最能使走累的人好好睡一觉，调养自己。

你也想睡一觉，在冬天里。你想你漂泊了很久，也该回家了。你刚要上岸，雪就飘了。

你总感觉你没有走进家的门。

家的门在哪儿呢？你看着雪，你想让雪告诉你。

雪很忙。雪没告诉你，只是在你手上化成一滴水，像一只大眼睛，看着你。

你很深情地看着那只眼睛，那只眼睛很清，也很深。你在那只眼睛里看到了一扇门。门开着，你看到门里白白的云在游，清清的水在流，嫩嫩的草在绿，很美，你好激动。

你走了进去，回过头来，你猛然发现，你长大了。你已站在了春天里。

找个好家过日子

有这种想法的时候，妻子正在田间劳作。妻子饱满的汗水在六月贫瘠的土地上开成了一朵花，接着就成了养活人的粮食。不远处的儿子正与土地亲切玩耍，把活泼和天真玩成土地上最茁壮而又充满生机的风景。那时我正在远方一个名叫滕州的小城辛苦劳作，和妻子一样躬身耕耘着那块属于我的土地。我的土地是一望无际的荒原，而开垦的犁恰是我手中那支纤弱的秃笔。

那时我正置身于那块土地里挥汗如雨，六月骄阳亲过妻子的背照耀着我，我的土地便更加灿烂。在妻子眼里，这是一块肥沃的原野，盛产着金子般的收成。

我很感谢妻子，感谢妻子用那么信任的眼光看我，让我在那儿安静地开垦、播种。我明白自己是戴着面具生活，本来面具不能给妻子揭穿，揭穿就是一种残酷和伤害。我的劳作就是不停地生产谎言，生产出许许多多的谎言去欺骗和感动与妻子一样诚实良的人们。我明白我生产出的谎言很美丽，像四月田野里朵朵绚丽的罂粟花，鲜艳得让人不忍下手。正因如此，我的谎言才像春花一样开遍春天的每一个角落，才像今年流行的红裙子满街满巷地飘扬，我的诡计才一个又一个没被粉碎。

我是一个阴谋家。这个时候，我望着我的土地和用粮食喂饱的一个个红润的笑脸，心儿开始滴血。只有这样，我才能平衡自己。可亲爱的妻子却满目的恐慌，她认为是她伤害了我，使我得不到幸福和快乐。我说不是。她不信，就用生满茧子的手去抽自己的耳光。抽得我泪涌如潮。我说不怨你，我是一个十恶不赦的坏蛋。妻子越发不肯原谅自己。我知道我说真话救不了她，我的表白只会使事情越来越糟。于是，我就用包装精良的谎言融着黄连一同给妻子喂下。妻子说真甜，继而激动得脸绽芬芳。

那时，找家的愿望就更强烈。四季我都走过，找不出一个属于我的季节。季候风不紧不慢地悠着，呢喃的春燕轻松地唱着，都仿佛在告诉我一个谜底，可我没有悟出。

后来我问妻子，哪儿才是一个好家呢？妻子很含蓄，只淡淡一笑，又继续她的劳作。穿开裆裤的儿子从远方跑来，张扬着手让我抱，抱着吃妈的奶。我知道欠儿子很多，特别不应该把他带到这个世界上来，让他和我们一样承受生命的痛苦和煎熬。这是爱情的罪过！当我把这句话真诚地告诉给妻子，她却把头一摇，说这是爱情的伟大，以示我的话是地地道道的悖论，我无言以对。我不明白如今这个世界怎么了，人们的面孔怎么变得如此的费解和陌生。我只有抱着儿子，把他渴求的小嘴送到妻子的乳上。儿子小嘴翕动似一朵鲜艳的花，在很有生命力地开放。吃饱的儿子亲亲地抱着我，抱得好紧。妻子在一旁扣着怀，沉醉在一种境界里。儿子用他稚气的童音央求我，爸爸天天抱我吃妈的奶，好吗？

我不知道该不该答应儿子。可此时我却猛然感觉我是土地上的一棵高粱或者玉米，在浩荡如潮的庄稼海洋里，是那么平凡和渺小。这时我恍然大悟，仿佛在生命的菩提树下大彻到活着的真谛。从儿子的稚气中，从妻子的安详中，从田野里那一片片热烈而真诚的庄稼上，我明白了，好家是一种氛围，一种亲切，一种和谐，一种满足。

放自己一条生路

和朋友相聚，"活着真累"的感叹声不绝于耳。看着他们一筹莫展的沧桑面孔，真不忍心在他们那流汗或流血的心上再撒把盐，只好附和他们，说着一些言不由衷的话，以使他们倦怠的心找到点慰藉。

"活着真累"，这是近年来使用频率较多的一句话。大到领导，小到百姓，所有为生活奔波为辛苦劳作的人都会说这句话。就好如"难得糊涂"从郑板桥同志嘴里说出后，全中国的人们像得了流感一样，特别是一些领导，并把此句书之悬于壁，日日参揣，以求尽快达到那种境界。

由此，我知道了有些领导的身体最虚弱。他们是"给点阳光就灿烂、给点病毒就感染"，一点儿自身免疫力也没有的一个群体，实在的可怜和可悲。那时我就想，这一类人真该好好健一健身，强一强体了。

强身健体不是让他们吃"伟哥""豹妹""大力丸"，那只会使身体越来越糟。我的强身健体是希望那些所谓的"领导"从别跟自己过不去做起。大家都明白，人一旦进入一个场，就会按那个场的游戏规则去做，正所谓"人在江湖，身不由己"，就会盯牢别人的乌纱和钱包。别人和你一样，甚至不如你，但别人的级别比你高，工资比你多，外快比你显，腐败得比你热烈。你就开始难受，就眼红，就觉得这个世界不公正。其实那纯粹是自己跟自己出难题，自己跟自己过不去。

这个世界很公正。春天的花儿万紫千红，开放在你我的视野里；夏日的太阳热烈多情，让你我在他的季节里享受着炎热与欢乐；还有秋天的收获，还有冬天的瑞雪。最让我们幸福和美好的是那么多的俊男靓女。他们生机勃勃，茁壮着青春的灿烂和蓬勃，使我们的心情欢畅，生活美妙。太阳每天都是新的，每日都从你我的门前走过；有的人却留得下阳光，把自己的日子过得鲜亮温暖，快快乐乐；有的人却任阳光溜走，使自己的日子冷清凄凉，辛苦狼狈。

说到底，这是欲望的缘故。人是一个欲望体，恰恰是欲望把人逼进死胡同，走向了"累"，走向了极端，踏上一条不归路。有的人为满足权欲，不惜丢掉自己的尊严，昧心做人，违心做事，结果是自己变得人不人鬼不鬼，猥琐得很；有的人为填饱物欲而贪得无厌，成了党和国家的罪人，最终站到历史的审判台上；有的人纵容情欲，声色犬马，最终害人害己，站在了道德的耻辱柱上——就是这些才使我们的天空出现乌云，才使万千红尘中的我们迷失方向，找不着北。于是，我们的内心开始浮躁，我们的行为开始轻浮，我们的目的开始急功近利，我们的灵魂开始被玷污——我们就一点儿一点儿地走向了绝路。

这不是危言耸听。

认识自己吧！别忘了自己是自然之灵，天地之尊。人是圣洁的，人是干净的，人是高贵的。放自己一条生路吧，那就是尽快地从欲望中走出来。把那些不是你的东西丢开，不属于你的东西放到他应该停驻的地方。那时你才会发现，自己活得很轻松，很潇洒。你才意识到，自己是那么的伟大，自己是那么的高贵，自己是那么的纯洁，自己是那么的富有。

虽然，自己是一无所有，可心中却拥有了整个天地。那就是宽广和幸福啊！

挤 车

人有时是很奇怪的，自己都不知自己在做什么。

就说我挤车吧。

从我家闵楼村到滕州城有 40 里的路程。有时我是骑自行车去上班，一般情况下我都是坐公共汽车。我村西面一公里处是104 国道，车来车往，很方便的。

每天早上 6 点半左右我就会来到国道上，开始等车。

我一般坐的车都是微山至滕州的中巴。这个时间是坐车的高潮，乡村的人去县城打工大多都赶这个点，坐这班车。所以这个时间的车里的乘客都是不少的。每次我上车的时候，售票员都是很费劲地把门打开，里面的人就嚷嚷，说，挤死了，挤死了！就有好心的人劝说，等下一班吧！我知道，要等下一班，上班就得晚。就央求，帮帮忙，我得赶时间。挤一些吧，挤一些吧！里面的人很不情愿，把嘴�’得能拴两头牛。

我在车上稳住了身子。稳住了身子才知道，车上其实并不挤，再来几个也能站开。

车子没行多远，又有两个要上车的，那两个上车的就对我们说，挤一下吧，挤一下！车上的人都不情愿地挪着身子说，挤死了，挤死了！我也跟着说，挤死了，挤死了！我还好人似的劝那两个要上车的人说，太挤了，等下一班吧！

说完这句话时我自己大吃一惊，我刚刚还是车下人那样可怜巴巴地央求人让上车，这一转眼的工夫，前后才几分钟的时间，我咋就说出这般话呢？我怎么变了？怎么变成这副口吻跟原先的"我"说话了呢？

哎，我现在是车上人了！

龙伯品茶

龙伯就是这么个人，不吸烟，不喝酒，只好一样——喝茶。

茶也不是什么好茶，就是一块钱一包的大叶子茶。好茶龙伯不喝，不是不爱喝，龙伯说，好茶一喝就惯坏了胃，再喝大叶子茶就没味了。龙伯讲究个细水长流。大叶子茶有钱能喝，没钱也能品。10斤瓜干的钱就能喝三四季子，经济！

龙伯喝茶很讲究，一天喝两次。一次是早晨起来，一次是睡觉前。早晨起来，龙伯首先去看头天晚上放在院子里用露水露的那盆水。盆是泥盆，用小筐罩着。龙伯就用这盆水烧茶。龙伯说这水经过天地交合，一夜露水的滋润，有天味。烧水用的是铁锅，用柴火烧。龙伯不喜欢用煤，他说煤太霸道，烧出的水性子烈，泡出的茶就硬。

烧时，先用文火。水开始泛边，龙伯就往火里添几个木块。水泡冒得急了，要翻滚，龙伯就往火里续几个拇指般大小的青石块。龙伯说这样烧出的水柔里有刚，耐喝。

泡茶得用茶具，龙伯就用一把很粗糙的大砂壶。儿子嫌大砂壶难看，登不了大雅之堂，趁出差到景德镇，捎来了一套精细瓷的茶具。用了几次，龙伯不用了。儿子说大砂壶既难看又不卫生，有哪门子好？龙伯说：大砂壶难看，却中用，还最保味儿。龙伯母不信，龙伯就让龙伯母品。品后，龙伯母就不再说什么了。

泡茶是龙伯最兴奋的时候，一到这时候，龙伯就两眼潮红，额上沁着细碎的汗珠。龙伯就把无名指、小拇指弯起，用中指、食指和大拇指不紧不松地撮了三撮子。

一遍茶龙伯是不喝的，他说：茶如人，茶味就似人的容貌，准确地说，就似女人。他说一遍茶就似十来岁的小孩，容貌很稚嫩，看不出什么。一遍是要泼的。然后再倒水，茶的颜色就由浅至深，由红到紫继而紫红。龙伯先用舌尖轻拍水面，拍打泛在水面的茶叶，而后才哑。哑一点，感觉到火候了，小饮半口，漱嘴，接着才喝。龙伯说：二遍茶似十八九岁的姑娘，容貌很俊俏，其实是不耐看的。最好的是第三遍。说到这儿龙伯就哑哑嘴，很幸福似的。他说第三遍就像少妇，由于受到天地的交合，无论怎么看，都很丰满、成熟，喝到嘴里满是味，有品头。第四遍嘛……说到这儿，龙伯端起小饮半口，然后才说，就像半老的徐娘，还有点儿姿色。第五遍茶龙伯是不喝的，他说那是满面沧桑的老太婆，没意思了。可在龙伯母死后，龙伯就开始品第五遍茶了。且每次品得都很专一，很投入，就像进入了一种境界。

　　有次龙伯品茶，恰巧我在旁边。龙伯喝一遍让我品一次。我只觉满口的苦涩，根本没什么感觉。龙伯说：茶品的是味，不应是茶。在喝第五遍时，茶已无色，和白开水无异了。我说，龙伯你泼了吧，我再给你泡。龙伯摇摇头说：茶喝到这时候是没味了，越是没味，越有品头！说着，龙伯眼里就流出了泪。

忘了给菜加把盐

头几天，妻子回娘家去了，家里只剩下了我。午饭本打算跟娘一起吃，但由于赶稿子，错过了饭时。等到肚子咕咕叫时，才知道饿了。

饿了就吃饭。吃啥呢？看看饭筐，干头很多，缺的是菜。看来，我只好"自己动手，丰衣足食"了。

在家里，饭菜都是妻子做。谦虚地说，我很少插手。如今，只好"赶鸭子上架"了。

我切好了菜，然后，按妻子做菜的程序，先往锅里倒了油，油沸了，又加了作料。作料炒得差不多了，又倒入了青菜。熟了，就盛入了盘内。

现在我开始吃饭。闻着香喷喷的菜，我心花怒放，垂涎欲滴。

我细细品尝着我自己的手艺，香是香，可就是一点儿也不咸。我猛然想起，忘了放盐。

望着香气缭绕的菜，我的食欲却怎么也提不起来。此时，我恍然大悟：菜之所以好吃，之所以色味俱全，那是酸甜苦辣皆在其中。

这不由得使我想起不久前的一件事。一个叫杰的朋友来找我，他说他活得挺没劲。说起来他生活在一个很舒适的环境里：父亲是机关的干部，母亲是某个厂里的厂长。他是独生子，需要什么，父母就想方设法地满足，根本不需要他动手。在外人眼里，他活得很自在。可不知为什么，他却整天觉得很单调，很乏味。

他问我：这是病吗？

当时，我也挺纳闷。心想，他这是什么病呢？如今我才知道：人活着就要经得起酸甜苦辣，就像麦苗，要想收获饱满的颗粒，必须经得起严冬的洗礼。生命也是如此，酸的甜的都尝了，咸的苦的都经了，才会明白生活的绚丽多姿。反之，就感受不到磨难后的幸福，艰辛过的欢乐。因为，那是生命的大境界，人生的大快乐。

我想，我找到朋友杰的病根了，那就是：没往菜里加把盐！

棒子煎饼卷辣椒

我们滕州把玉米叫作棒子。有句俗话说：棒子煎饼卷辣椒，既解馋来又上膘，还治感冒和发烧。

这话说来并不夸张。前段时间，南方的几个文友来我这里吃饭时我犯愁了：这可是几个美食家呀！妻子灵机一动，把棒子煎饼端上了桌，几个人看着这黄灿灿的物件愣住了。我告诉他们，这是我们这儿的主食——棒子煎饼，几个人便迫不及待地撕了一点儿放进嘴里。不吃不知道，一吃真奇妙：这个说怪不得你们选它做主食；那个说我尝过不少地方名吃，这朴素厚道的棒子煎饼盖了帽啦！

我说这还不够劲。几个人就用好奇的目光询问我，我从容不迫地摘了几个青辣椒，放火上一烤，接着抓把盐一并放进蒜窝里。捣碎了，又倒点香油。然后我在每个人的煎饼里抹了厚厚的一层。几个人津津有味地吃起来。头上冒汗了，嘴里直咝咝，就是不舍得放下。这个说解馋，那个说带劲。最后几个人得出了结论：怪不得你们滕州的朋友豁达豪爽朴素厚道，看来是吃这棒子煎饼卷辣椒的缘故。我笑着回答他们：一方水土养一方人嘛！

这么薄、这么圆的煎饼是怎么做成的呢？妻子给他们做了现场表演：先把玉米面用糖水和了，用手团成球，滚雪球般地滚在鏊子上。然后筛些芝麻，用竹劈子擀薄擀匀。等到煎饼与鏊子离边了，用手一揭，一张煎饼就烙成了。

几个人要走了，我没啥好送的，就每人给了一包煎饼，几个人欢天喜地。临上车时，我提醒他们：吃煎饼时，别忘了捣上一窝子辣椒，解馋！

最终的家园

站在城市的阳台，远眺家乡的庄稼，那是非常幸福的时刻。虽然远处的嘈杂与噪鸣，窗口上呢喃不已的风铃，还有眼前默绽芬芳的花儿，在给我一种崭新的暗示。可我知道，城市的召唤虽然一千次一万次地让我激动和疯狂，让我去努力、奋斗和牺牲，但我最终的归宿还是融入家乡的土地。

刚刚向往城市时，我血气方刚。我知道我的梦想、我的追求，还有那美妙如歌的爱情，将像庄稼一样在城市里开花结果。那时我奋力耕耘，在一望无垠的荒漠上开垦着我的土地，种栽着我的庄稼，日日夜夜，马不停蹄。一个个日子过去了，春日的田野让我激动不已，望着艳阳下五光十色的苗儿，我不禁一次次热泪盈眶。于是，我倍加珍惜我的土地，她虽然贫瘠，但我的信心和顽强成了最好的肥料，肥沃壮实的夏日的风景。当秋风用金黄的手去梳摸田野的时候，我的庄稼便以成熟少妇的姿势丰满了我的土地。我此时无语可言，只任汗水默默流淌。这时我明白了土地的宽厚和仁慈，正直和善良。在她宽大的胸怀中，我永远是一个长不大的孩子。

我不禁为自己脸红。脸红的原因，使我想起久远冬日的那个早晨，当我站在瑟瑟寒风里，用怀疑的目光审视着这方土地，我知道我是那么的势利和小气。那时，我曾为这块土地能否长出庄稼怀疑过；曾为我的汗水和艰辛是否能让这方土地长出果实而担忧过。此时，我才感觉到我是那么的卑鄙和可怜，是那么的脆弱和渺小。

庄稼一秋一秋地金硕，让那时的日子绚丽无比。眺望远处灯光缤纷的城市，摸摸身上渐渐丰满的翅膀，我浮想联翩。我想，在城市里飞翔，那该是多么激动人心的幸福和快乐！

于是我离开田园，进入城市里寻找。城市用她的诱惑美丽着她的容颜，使她花样艳丽，爱情一样的美好。我便在城市挥汗如雨，在为开垦一块自己的土地呕心沥血。后来我才知道，城市的土地都被硬化了，即使没有硬化的土地也都种上了花草。草长得那么的绿，花开得那么的艳，那个时候我明白了，城市在以一种笑容拒绝着庄稼。

我不禁为自己悲哀，我明白了我的努力和奋斗，瞬间化成了一只风筝，骤然断线而逝。留在手中的，将是一团苍白的线儿。虽然今天城市用笑容可掬的姿态容纳了我，但是我知道，那是怜悯，因为我是一个无家可归的乞儿。

回望来处，只觉眼前一片苍茫。秋风瑟瑟，我不知道归路何处，只有霜落黑头才发现，脚已生根。那时，我知道了生命的短暂和美好。望望手中的镰儿，我发现，它早已锈迹斑斑，长满了绿苔。

当炊烟升起，遥远的故土传来母亲唤我回家吃饭的歌谣，我的心怦然而动，这久违的声音，是那么亲切和销魂。我知道我该回家了。望望空空的行囊，我不禁潸然泪下，拿什么回答我的土地呢？我明白，只有挥起镰儿。

银光闪过，我的脚下一片潮湿。当我抬起脚，才发现，浸红的血正四处流淌。脚儿在阵阵的痛疼，刻骨铭心。我知道，我的一生将是一片空白，我最终的收获将是自己流血的伤口。

人生是一棵爬满猴子的树

活了30多个春秋了，把自己从不懂事活到懂事，从爱哭活到爱笑，从单身活到成家，从无忧无虑活到满身责任。想想，这只是30多年的光景，的确，时间真伟大。就是在这30多个岁月，我完成多个角色的转换：从人子到人父，从童子到人夫，从单纯到复杂，从干净到浑浊。我活得艰辛而又充实，我活得尴尬而又欣慰，我活得痛苦而又惊喜，我活得感动而又惭愧！

不论生活怎样，我始终坚信自己，我是一个普通而又平凡的人。我出生在鲁南平原上一个名叫闵楼的村庄。兄妹五个，我排行第四。父母是善良淳朴的农人。从记事起，我们家都是往生产队里倒贴钱。父母没黑没白地干，一年下来，不光得不到应该得到的平均口粮，还要背上很多账务。我母亲虽是文盲，但她深知文化对我们的重要性。母亲常对父亲说，就是再苦再穷，也要供孩子上学。就这样，我们兄妹五人最低都上到初中。

后来，我因家里穷没再续读。在农村，读书和参军是农村孩子走出土地的方式。可我拒绝了求学这条路。我想，人不能在一棵树上吊死，那时我选择了文学。选择文学时我只是想证明，只要优秀，条条大道都可通向"罗马"。

通向"罗马"是一个遥远的路程，需要耐心和毅力，需要坚韧和承受，需要把自己"在清水里泡三次，在血水里浴三次，在碱水里煮三次"。1985年初中毕业以来，我先后干过建筑，跟着钣金师傅砸过洋铁壶，随哥哥一起学过理发，给枣庄日报社当过发行员——那时，我虽然勤奋地写作，可作品却没发表一篇，虽然我把自己当作了一个文化人，但周围人的眼睛对我是鄙视的，他（她）们感觉我像一个不自量力的小丑，在做着自己不力所能及的事。他们有的挖苦，有的冷笑，有的打击，有的嗤之以鼻。那个时候我在人前赔着小心，在人后也赔着小心，我把自己活得小心而惶恐。再后来我流泪了，虽然我的脸上还堆着笑，但那笑僵硬而做作，虚假而痛楚。发泄自己，我只有在夜深人静的村外大声嘶喊，那是野兽一样的嚎叫。只有这样，我才会吐掉压在心里的块垒，让自己变得轻松，然后再在第二天以一个美好的心情去承受着不愿忍受的一切。

村里一个老人发现了我在夜间的嚎叫。他是一个智者。我状似鬼嚎的声音引起了他的注意。他看到是我，默默等我嚎完，然后走近我。他说：我以前也这样嚎过，后来就不嚎了。我问为什么？他说，他以前是孙子，现在是爷爷了。当孙子的时候，和你现在一样，心里堵得慌。谁见了都叫我孙子，都可以呵斥，那个时候想死的心都有啊！老人说着陷入了一种追忆中。我问，后来呢？老人说，我就自己宽自己的心，谁让自己是孙子呢！慢慢长大了，我成了父亲，就有孩子叫我爸爸了，还有很多孩子叫我叔叔什么的；再后来，我儿子也当父亲了，我就当爷爷了。我是在不知不觉中当上的爷爷。现在，咱们村的很多孩子不是都在叫着我爷爷吗？我说我也叫，他说是啊。他接着说，我现在才明白，人不是一生下来就是当爷爷的，每一个人都是从当孙子开始的。就像一棵树，每一棵树都是从一棵小苗开始的。苗子只有不停地吸收养料、阳光、水分，不停地承受严寒酷暑、承受风吹雨打，才能长成大树，人也一样啊。

我知道，老人这是在给我上课啊！

老人说：我现在才明白，人啊，在当孙子时一定要好好地当，做一个合格的乖孙子，对于所有的不如意，你要变个眼光看，换个角度来接受。不要以为别人的呵斥是对你的压抑，你要看作是对你的关爱，是对你的恨铁不成钢。这样，你的心就会由怨恨转为感激，你的心就会由狭窄变为宽广，你就会由小变为大。实际上，爷爷就是这样变出来的啊！

老人的话让我明白了很多。我说我明白了。

后来，我靠写作渐渐把自己折腾出一点儿小水声。我发现，原来对我呵斥的面孔一个个都开始变了，变成了美好的笑容。当我从他们身边路过时，他们离很远都把笑容举出来，给我打招呼什么的。我那时明白了，成功真好，它能让你收获很多的笑脸。

有一天，我领着儿子去动物园。儿子拉着我看猴子，很多猴子都在爬一棵树，那是一棵高高的钻天杨。爬在中间的一个猴子引起我的注意。那是一个不安顺的猴子，它不像其他的猴子都在不停地向上爬。它一会儿爬爬，一会儿看看。看它上面的猴子，都是匆匆忙忙的红屁股，它用手招招这个，摸摸那个。接着又往下看，看着看着就自己嘿嘿地笑。

我的心一动，在那个时候我恍然大悟，从那个猴子身上明白了什么是人生。说到底，人生就是一棵爬满猴子的树：向上看，都是屁股；向下看，全是笑脸啊！

坐水观鱼

鱼，在水中游泳。

在水中，鱼把自己游成五月的榴花，绽放着生命那无边无际的光华。那火苗一样燃烧的激情会让你感到所有的一切竟是那样不堪一击。你虚幻出的梦想就似海市蜃楼、就似昙花一现、就似用冰雪雕出的楼房，在六月炎炎烈日下轰然倒塌。这个时候，你才知道什么是真实，你才会心平气和，你才会知道你以前的追求和努力是那样的荒诞，是那么的不合时宜，你的痛苦就会是汹涌的波涛，漫无涯际地淹没你。在痛苦和磨难里，你总相信自己是风中的旗，用不屈和顽强昂扬出自己鲜活的性格，喊出自己那铮铮带有金属质地的声音——

平静吧！

我知道你伤痕累累，伤口似斑马的花纹一样撒满在你身上的每一个角落，就似三月那满山遍野的花朵灿烂着它的季节，所有的芬芳铺天盖地。我知道，那是你的苦与疼，灼烧着你脆弱而敏感的心灵，你无法平静，好似山顶上滚下的一个碌碡，无法停止自己那一往无前的脚步。这个时候，所有的忠言、所有的挽留和阻挡都似一面纸做的墙，在你的脚下被轻而易举地跨越，直至山脚下的一个泥沼，那臭气熏天的淤泥才留住你仆仆风尘的雄心和壮志。于是你失意，你哭了，泪水似六月的梅雨，连绵了那个季节，使那些日子的脚步泥泞起来。

你总是感觉你走不出这个季节，因为这个季节使你万念俱灰，你所有的奋斗与心血都在这个季节化作一缕青烟随风而逝。其实，这个时候，你最好的办法就是走出屋子，屋外有茁壮的阳

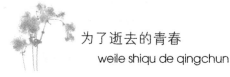

光。当然，阳光的笑容依旧那样慈祥、那样宽容、那样含蓄、那样高深莫测，那样让人周身生出暖意，荡起幸福甜蜜的韵致。这个时候，你最好什么也不要想，就如现在，端坐在池塘边看水，水在荡漾，荡漾出水的波澜，那时鱼就把水游成了一种滋味。望着鱼尾的摆动，你就进入了一个故事——

这是征途上的事。

踏上征途是每个生灵注定的路．你别无选择。就似鱼在水中游泳，游出水的鲜活。这是水的幸福，是水充满灵性的所在。当然，鱼的辛苦、鱼的欢乐都付之于水。于是，水因鱼而清，鱼因水而活。鱼把生命的歌声嘹亮成水的魂，摇曳成粼粼的波光，活在观者的目光里。

于是，你就为鱼幸福。透过水面，你双目深情地望着那庄稼一样饱满的鱼，你想在水中游泳，这是鱼注定的命运，就似脚，一出生就得走路，无论晴天还是雨天风天雪天，都得要走下去，谁也修改不了。这时，你不禁为脚悲哀。你明白，脚儿的走动是为了自己长大，是为了更快地融入泥土。这时，你仿佛恍然大悟，你猛然发觉鱼在水中其实是在安慰一个骗局，无论鱼游得多么欢畅多么幸福，但鱼永远是桌上的一盘美味，最终以一种优美的姿势游入人的腹中。然后又游回土地，变为一滴泥土。就像人从一枚精子变成人又变成一抔黄土那样让人欲哭不能、欲笑不得。

这时候，那尾鱼摆动着她妩媚的身姿，在你跟前来来回回地穿梭，那一身的天真和无邪就像刚刚踏上征途的你。那时，你全身透明，晶莹得似一块水晶。那时，天是那样的蓝，水是那样的清，草是那样的绿，所有的一切都值得你去放声高歌。那时，你觉得活在人世间真是件幸福无比的事。你接触过的人都是你的亲人，你相信佛经上那句话：千年修得同船渡。你相信周围那么多动人的笑容和亲切的微笑是多少万年修来的。这是缘，于是你倍加珍惜。你相信你身边的每一个人。你就用刀剜开自己的胸膛让他们看你心的颜色，去品尝你的血是否有腥气。他们喝了你的血说不腥，你就会手舞足蹈，说有腥气时，你就会如丧考妣，他们的每一句话都会让你受宠若惊，包括骗子包括赌徒包括妓女包括女巫包括双手沾满鲜血的刽子手。你帮他们数钱，数你的卖身钱，你把钱数得一清二楚、分文不少，然后再放入他们的口袋。他们的口袋很深，似一口永远填不满的深渊，那时你就有些惊愕，你不明白他们要这么深的口袋干啥？你看到他们香肠一样肥厚的手拍你的肩，亲切地拍打，之后说真乖、是个好孩子之类让你甜蜜无限的话。这个时候，你满脸三月桃花的绚丽，你的笑声似大珠小珠落玉盘般清脆动听，响彻了那个季节。当然已近深秋，树叶开始枯黄，天空开始高远，就有风儿开始刮起。风开始很稳重，也很清澈，似开春的溪水漫过，凉津津妙不可言。可过了不久，风便浑浊了，便有一些硬硬的东西长在了里面，像树枝，又像石块，扔打得你的身上出现伤痕。

这个时候，你还没有觉察出。你想，快到冬天了，你还带着一副烂漫的笑容。其实，你再笑也笑不成一朵花。在他们的眼里，你的笑容只能说明你是弱智你是朽木不可雕你是一个凡夫俗子。但你有知觉，你发现冬日是跑着来的，来得急急匆匆势不可挡。那时你全身开始了战栗，因为你还只穿着背心和裤衩。只穿着这些走不出这个季节，你很清楚。这个季节有寒流有风雪有滴水而成的冰，悬挂在这个季节的角角落落，像这个季节的果实一样丰硕，你明白你得需要一些衣物来遮遮自己的躯体，让肌肤保持鲜红的颜色和温度。你还得需要一间房子。当然，房子不要多大，你只想有一个能放一张床的地方，好让你在漫漫长夜里休息自己那疲惫的身心，以便在明天更好地像蚕一样抽丝。这并不是多高的奢求。你知道，你所付出的汗水和所创造的价值远远超过这些，可你刚开口，他们就打着呵欠从你的跟前溜走了，溜得很快，原先给你的笑容此时已仿佛变质的食物，只有你满怀希望的茫然在那个空间里为你哭泣。

这个时候你像是明白了一些。当然，你还没有像佛一样全部悟透。其实尘世上的东西是不能悟透的，一透就没有意思了，就赤裸了，就似我们伟大而又崇高的人一样脱光自己站在朗朗的阳光下，自己的气质自己的修养自己的文雅自己的风度也全都不翼而飞，只剩下一个光秃秃的丑陋与可笑，还有性欲及占有的兽性。

你真不明白他们的所为。你想人真有意思，穿上衣服就能分出三六九等，就分出了君臣分出了贫富分出了贵贱。你想，衣服的确是好东西。虽然那个时候你不太明白他们那甜得似蜜的笑容哪里去了，怎么说变就变，说无就无。其实那是他们穿在脸上的衣服，我们叫它面具。现在一些都市里专门出售。前段时间很廉价，一角钱就能买两个，只是你不知道罢了。

这是你的悲哀！

你就想冬日来了你去哪儿呢？哪里是你的栖身之地呢？现在这儿的人喜欢你，你知道那是你身上还有最后的一丝油水没被榨尽。你环顾一下四周，四周了无人迹，好似你家乡的旷野，只有野风吹动衣角的声响敲打着你的耳膜。你这才发觉自己手无寸铁，身无分文。原先从村庄带来的那些有着清新泥土一样的东西，已被你当作礼物送给了当时你顶礼膜拜的长者与恩人，还有那戴着面具的密友和口是心非的同志。你这时才明白，你在这块土地上的呕心沥血和含辛茹苦其实最终换取的是一个玩笑；你这时才发现，20 年来你从乡村苦苦挣扎，踏着泥泞跋涉到城市而得到的结局仅仅是一个黑色幽默，只不过，你笑出的声音里充满了血。

你这时觉悟了，好似面壁 9 年的达摩瞬间开了天目，看透了尘世间的一切原理：万物皆空。这时你才真正明白了，你苦苦追寻的理想与惨淡经营的事业竟是那样的脆弱，那样的不堪一击。

这个时候你发现，鱼在你面前自由自在地游动的目的，还是把自己游成鱼——一种活在水中的生命个体，能使水永远保持清冽的生命存在。你看着鱼，你看鱼是羡慕鱼，羡慕鱼有漂亮的双鳍，羡慕鱼无拘无束的自由和放肆。可鱼也在看你。鱼用智慧的眼睛望着你。鱼想对你说：你和我一样，也是尘世上的一道菜。鱼说了，声音很大，于是，你的面前便升起一串水泡。

可遗憾的是，你没有解开这一串水泡里所蕴藏着的密码和玄机。你知道，你从城市又回到乡村这并不是一次失策。你想起小时候玩的游戏"老鼠十八洞"，那个时候你装扮的是一只猫，和你唱对台戏的"老鼠"每次都被你轻而易举地抓获。那个时候，你是一只成功的猫。你知道你的成功完全归结于你娴熟那个游戏，并深懂其中的步骤和规则，所以你做起游戏来有条不紊、胸有成竹，你游刃有余有一肚子的把握和信心。而"丢手帕"这样简单的游戏每次挨抓的都是你。在"丢手帕"的游戏中，和你唱对台戏的那只"老鼠"却是一个十分出色的优秀胜利者。每次他在你身后走过时，都让你毫无察觉，等到把你抓到时，那条可恶的手帕却像罪证一样明目张胆地躺在你的身后。你垂头丧气地站到了圈内。那时你才发觉，"老鼠"的手段并不高明，那时，你心里充满了懊悔和悔恨，但有一点你很理智，那就是，在这个游戏中，你这只"猫"永远不是"老鼠"的对手。

你现在才真正明白，你在城市里的劳作其实还是遵循着"老鼠十八洞"的技巧，殊不知，这里玩的却是"丢手帕"的游戏。你没有进入这个游戏。你的失败，从一开始就注定了。因为你不是这个游戏场的人。你的性格、你的气质和这个游戏格格不入，所以说开除出局或清退出场是早晚的事。只是一开始你心里不平衡，你会耿耿于怀。是的，没功劳有苦劳，没苦劳你也有疲劳，他们怎么能做这种过河拆桥、卸磨杀驴的事呢？

可毕竟做了。这时，你望着池塘里的鱼，你明白了你也是一条鱼！

你知道，鱼在水中游动其实就是鱼和水的游戏；你知道，你不如鱼，因为鱼明白，只有在水中，它才会游出鱼的优美、鱼的神韵，因为水是它的天空，所以它随心所欲地游动，把生命张扬到一种极致的美妙。

你开始由衷地佩服鱼。当然，2005 年秋日某一天的下午，你终于明白了鱼。于是，你便对着池塘，对着池塘里那游动着的鱼，深深地鞠了一个躬。

你想，最好，你也做一尾鱼！

嘹亮的歌唱
——献给我的二〇〇四

　　2003 年的日子鞭炮一样一个个清脆响亮，在我的身后热烈成一地的纸屑，让岁月之风舞成漫天的精灵，虚映着我往日的欢乐和忧愁、幸福与疼痛。走入 2004 年的新春，眺望着生动鲜活的旭日，我知道金猴年的阳光又要如花一样地绽放在我的前路，陪伴着我的雄心和壮志、泪水和辛苦、坚韧和刚强。

　　刚跨入 2003 年的那天，我的激动似风中的旗，汹涌而疯狂，因这是继往开来的一年，这一年我将像树木一样增长年轮，长成饱满与茁壮；将像花一样鲜艳出绚丽和芬芳。在这一年里，我似执锄田间的农人，用勤劳和汗水向土地交上自己的答卷，向所有对我期望和厚爱的人交上我的新作和心血、交上我的果实和花香。

　　这一年，我似上紧发条的钟摆，马不停蹄地奔向一个又一个钟点，用努力和拼搏赶出自己的旅程，走出自己的光彩。在行程中，我的歌声激越而深沉，高亢而嘹亮，回响在我的原野，活成了原野里一种粮食的颜色。那颜色饱满而金黄，让您感觉到粮食甸甸的质感，质感的密度是那样亲切，子弹一样坚硬，充满着亲的热烈和澎湃，力的霸道和张狂。

　　那时的我，满腔的幸福，这是一个让人甜蜜的年月，我幸福得似一头发情的母羊。我知道 2003 年是一块丰腴的土地，里面满是鲜嫩的草儿，草儿清甜而富有营养，将引导着我走向成熟和丰润，走向亮丽和娇媚。我的一举一动将会风韵十足，我的一笑一颦将会摄人心魄，我的秋波将会风情万种、脉脉含羞，将会让

所有的公羊感到手足失措，并从此感叹活着的幸福和美妙。那时，我踏上这块土地。当站在炎炎的烈日下和萧萧的凛冽里，我明白我的想法天真而幼稚，天真得像个玩笑，让我眼里开放晶莹的泪花，花儿清澈玲珑，骨子里蕴含着水仙的淡淡芬芳。于是我明白了，所有的天空都需要翅膀去飞翔，所有的行程都需要自己笨拙的双脚去度量。

我重新调整了自己。那时，春天已进入尾声，我知道在2003年里，唯一的办法是张开自己的歌喉，用嘹亮的声音去充实这些日子的每个角落，贴遍天空的每一片空白。我给自己定了计划，也就是一个五年目标，即我在这五年内所要到达的高度和所要完成的路程。

在以后的日子里，我披荆斩棘。在做文上，扎扎实实，用匠心和辛苦找出了一条适合自己的路。在做事上，我似田间拉犁的牛，一步一个脚印，兢兢业业地忠实于我的脚步，忠实于身后那扬起的鞭子。在做人上，我更是小心谨慎，如入雷阵，没事时就勤摸自己的屁股，因为我知道，我是类人猿的后代，是长过尾巴的。我这样做，无非是想得到别人口里的一个表扬。那时，我知道了自己的可笑与可叹，可怜和可悲。

于是，我就重新去找寻自己，我知道真正的自己正站在原野里四处张望。这个时候，我明白想吃鲜美的草儿还得靠自己去开垦播种，任何幻想只会催长自己的白发和失望。我夜以继日、废寝忘食地写，我和夸父追比着脚步，我和精卫竞比着勤奋，2003年的日子一个一个地过去，渐渐都远成了我的回忆。当我从废纸堆里抬起头，才发现，我的身旁开满了艳丽的花儿！我的五年计划在2003年里轻易地跨越！此时我深深明白了：跨越靠的是不屈的斗志，靠的是辛苦和勤奋。

一年之计在于春。站在2004年的岁首，沐浴着2004年和煦的春风，我知道在新的日子里，要先给自己定一个目标，再立一个计划。新的岁月将有新的气象、将有新的辉煌等着我去创造，在这崭新的日子里，我明白所有的空说都将成为水中花、镜中月，成为一种自欺和自骗，而最主要的是做、是干。只有干，才会使目标轻易达到；只有干，才能使辉煌变成现实，成为伸手可触的实物。

迎着金猴崭新的旭日，我明白献给 2004 年的只有我的辛勤，还有我那美妙的歌声。在那些喷香的日子里，我将放开自己的歌喉去纵情歌唱。歌唱绿叶，歌唱花香，歌唱水分，歌唱阳光，歌唱勤劳，歌唱勇敢，歌唱美好，歌唱善良，我歌唱身边每一个平凡可亲的人，我歌唱身边每一个新生力量。我的歌声甜美高亢，在 2004 年的每一天激扬，嘹亮！

过年两个字：辛苦

又到过年了，我的心不免辛苦起来。

说起过年，我从前可不是这个样子的。具体说，是在没为人父之前。那时候，只觉得过年热闹、缤纷、欢乐。特别在 15 岁之前，那时的我无忧无虑，快乐得像头小鹿。整天盼着过年，因为过年能吃上八五麦面的饺子，能穿上新衣新褂，能放上一挂挂小豆杂的鞭炮。记得 8 岁那年的正月初一，母亲看着我们兄妹五个狼吞虎咽吃饺子的情景，眼睛潮湿了。我说娘你怎么哭了？母亲忙擦泪说是高兴的。我当时纳闷，高兴怎么会流泪呢？直到我做了父亲我才明白，母亲的泪里有很大的成分是心酸和无奈。

童年和少年的年一个一个地过去了，是在匆匆的行程中过去的，也都是在父母的辛苦与操劳中度过的。转眼我已迈过 30 岁的坎，成了一个双肩挑日担月、顶风迎雨的大男人。我渐渐地感觉到了一家之主的责任和义务，明白了一家之主在过年时所付出的辛苦和憔悴。一到年，自己的工作得总结，家里的事务得操心，亲戚朋友得走动，所有的长辈得孝敬。最要紧的是借别人的钱要想方设法地填补上，只有这样，这个年才会过得滋润、踏实。

年是一道关，年是一道坎，想着自己到如今也没活出个人样来就感到惭愧，看看四壁徒空的家又感到汗颜。回首过去日子的劳作和汗水，心里就满满的。当然，这里面有欢乐和痛苦，有彷徨有焦灼。有时就想，自己活得本够辛苦的，年啊，你还来凑什么热闹啊！还嫌我们累得不够？可看着儿子那葵花一样的笑脸在春节的每一个日子开放，心里就觉着，虽然辛苦些，可值！

三十守岁。初一拜年。初二看亲——这几天我走马灯似的忙碌着，直到初七，什么都忙完了，我才静下来考虑自己，羊年应该拿出什么样的作品来巩固提高自己？来报答我的乡村和恩人？我不禁茫然起来。

回首过年的日子，如今地上只留下鞭炮的碎屑在迎风飞舞，在春风里飘扬着春节的热烈和喜庆。而羊年的一个个崭新喷香的日子正如奔腾的骏马匆匆而过。我明白，现在唯一的做法就是拿起笔来辛苦自己。

辛苦是福。她让我明白了生活的意义、幸福的含义。

雨天出门

玩浪漫的朋友，把雨天出门说成是一种美丽、一种潇洒、一种无与伦比的景致；说雨天出门利于灵感萌发，且雨水营养丰富能滋润诗情使之鲜嫩水灵、郁郁葱葱，并能使自己融入自然、荡尽俗气、脱胎换骨。可我没这种感觉。也许我顽固不化、朽木不可雕或本是一个俗人。我的雨天出门没有诗情画意，而我去寻的却是一种现实生活中的实实在在。

这是以前的一天，因一点儿私事我去县城的一个朋友家。那是个阳光明媚的日子，生机勃勃的太阳高挂中天，向万里无云的天空炫耀着灿烂与光芒。我满心欢喜，心想，这是第三次了，事先又通了电话，一定会如愿以偿。女主人开了门，见是我，满脸的歉意。她说，对不起，他出门了。我的脸就长成吊瓜。我问他到哪儿去了。女主人说不知道。他只告诉她明天回家。另外，他还给我留下一句话，就是等我来时说声对不起。

我满脸的失意。女主人已看出了这些。她真诚地告诉我：下雨天他是不出门的。最后又着重强调了一句：真的。

于是，在一个秋雨潇潇的日子，我用颤抖的手叩响了他的门。他在。他把我迎进屋里。说了一大堆抱歉的话，抱歉得连我都不好意思。是啊，现在人人都在忙生存，谁还有闲工夫坐在家里等人呢？他问我还是那个事吗？我说是的。他先给我倒了一杯茶，然后拿出一张表填了又盖了印。他干得认认真真、从容不迫，全没有晴朗日子里的慌张和浮躁。他告诉我，今天我是他的第一个客人。我说是的，今天是雨天。他说是的，正因为今天下雨他才没有出门。

于是，我明白雨天出门的好处。当我走出屋门时，我就撑开那把黑伞，俨然雨中开出的一朵花，很庄严很富生命力地怒放着；但又像一个黑色幽默，在向天穹述说着一种心灵上的沉重。雨很好，一丝不苟地下着，在我的周围清清楚楚地砌起了墙。伞儿扶着我，从这头走到那头，从那头走到这头，很滑稽，但不是游戏。

雨中，我摇摇晃晃跋涉在空空荡荡的大街上，精湿的衣服亲吻着我的肌肤，在我身上书写着狼狈：似一个打垮的俘虏兵，又似一个没娘的孩子，全没了趾高气扬和帅气。这个时候，我最脆弱最易流泪最易被人打倒。我知道，华丽的服饰并不能遮住自己身体的丑陋。猛然间，我悟出了雨天人们不愿出门的原因。

其实，雨天出门也有意想不到的收获。当我叩开一扇扇紧闭的门，主人的惊奇让我无地自容。于是我就说，对不起，真不该这个时候来打搅你。主人很感动，有时连我也被感染得热泪盈眶。他们给我拿酒备菜烧姜汤，并拿出衣服让我替换，接着便是"酒逢知己千杯少"。这个时候，我感到了温暖，感觉到了人间真情最有滋有味，在雨天最能达到极致的境界。

后来，我就把雨天出门当成一种自己发明的专利。伞是我亲密的朋友，无声无息地陪伴着我。我的脚步踩着自己无奈的心，在无人的雨巷，声音很脆，很响，很悠扬——

表哥的巴掌

那是六月的一天，我到表哥家。表哥是大姑母的长子，大我5岁。表哥在机关工作，是很小很小的那种"官"。

在门口，我见到了表哥。两年没见，表哥消瘦了很多，背好像也有些驼了。我问是怎么回事，表哥笑笑。表哥笑得很明白，我一眼就读出了。

表哥的家依然旧模样，"鹤立鸡群"，非常的醒目。让四周的高楼大厦都跟着惭愧。惭愧什么，表哥知道得最清楚。门是老式的木门，斑驳得像张抽象的画。表哥使劲推了，门不情愿地开了，弄得表哥很不好意思。只好对我粲然一笑，很无奈。

表侄正坐在院子里做作业。表侄叫玉儿，是表哥的独生子。今年10岁，上三年级。见我来了，一笑，露出两个小小虎牙，很调皮，接着又埋头做他的作业。

我和表哥并排向屋里走去。屋是泥墙的砖瓦屋，深沉地端坐在那儿，像一个饱经沧桑的老人，很苦。表哥边走边和我拉着家长里短。表哥的步子迈得很小心，唯恐踩着了蚂蚁。走到玉儿的身旁，抬手扇了玉儿一巴掌。扇得很响，很突然。我莫名其妙。表哥却像没事人似的，我回过头，看到小家伙眼里滚出了两个水蛋蛋，又大又圆，很委屈。

我很生气，问：表哥，你怎么了？孩子有啥错？

表哥对我笑笑说：啥错也没有。

我说：那你犯哪门子邪？

表哥反问我：我打人非得要理由吗？

我说：哪有无缘无故打人的？

　　表哥摇了摇头。这时玉儿正在默默地擦拭着自己脸上的泪，拭得很认真。

　　我满脸疑惑。表哥见我认真，就笑了。表哥说：活着就这样，你会莫名其妙地被人打一巴掌，踢一脚，等你回过头来，可身边早已空无一人。那时你向谁问原因去？问了原因又有什么用？说着表哥的眼圈红了。我只好说，挨了就挨了。表哥说：我们都是小人物，活着就得学会忍受。我明白表哥的用意，他这是给我这个刚刚步入社会的青年上课呢！我接过表哥的话说：玉儿还小，路还很长。挨打的机会还有很多，打他是让他习惯，习惯不哭，对吗？

　　表哥点了点头。表哥点头的时候，我看到他眼里亮着两个大水珠子，很饱满。

　　下午和玉儿在一块。我问他：孩子，爸爸打你，委屈吗？

　　玉儿说：委屈啥，他是爸爸。

　　我说那你咋不哭？

　　玉儿说：哭有什么用，反正挨了。

　　我的心一颤，多懂事的孩子。我不由得羡慕起玉儿。唉，假如在我很小的时候，父亲也用表哥那样的巴掌扇我，那该有多好啊！

秋夜的街头

是秋日的一天。是个夜晚。

那次，我的钥匙丢了。

门就在眼前，关着。屋里亮着灯，灯光很柔和，很诱人。

掏遍所有的衣袋。掏一次，心便沉重一次。我想不起来了，钥匙是在哪儿丢的？

没钥匙我是不能进屋的。在门口，我站了很久。站了很久，我是在幻想着也许奇迹会出现。

可奇迹与我无缘。我想，破门而入吧?！可不行。不行啊！最终我忍了。因为我明白：屋在拒绝我。就好像城市不给我好脸色一样。

只好走了。

离开这扇门的时候我想哭。我知道，哭了也白哭，就没哭。

我就来到了街上。到街上干什么？我不知道。

街上的人很多，这个夜晚没月亮，夜晚就显得很有情致。所以大家的笑容就很生动。跳舞，唱卡拉 OK，把这个秋夜充实得很饱满。

那时，我已坐在一棵树的阴影里，读他们。读他们的快乐和幸福来感染自己，他们活得很开心。我知道，不必为他们担心。真正该担心的是我，我无家可归。

后来起风了。风开始不大，后来就大了。街上的树叶就像刚刚学步的孩子，走得很可爱。于是，街上就鲜活起来。路灯的光昏昏黄黄地洒下来，把路面淋得很朦胧。

人们就不玩了，就回家。我的耳畔便响起开门的声音。门开的声音很悦耳。让我想起了一个温暖的东西：家！

那时街上就只剩下了风，还有风中的我。

在一家关闭店门的镜子上，我发现一个浑身疲惫的汉子，正在努力地寻找着什么。

这个人怎么有点儿像我？他是谁？

我想弄清楚，于是我就仔细地看，越看越陌生。

我问他，大家都回家了，你怎么还不回去？风大了，你在找什么？

他告诉我，他的钥匙丢了。

我说我的钥匙也丢了。

他不相信。他说你怎么会呢？

我说我真的丢了。他苦笑着，想拍拍我的肩膀，告诉我点什么。可他的胳膊抬到半截就停住了。

这时，我才发觉：我，一无所有。

他笑了。我也笑了。

他笑了我一会儿，转身离去。

我知道自己该做什么了，就转身，向风中走去！

拣石记

这是一个听来的故事。

说是龙山出产彩石。彩石非常非常的美，远近驰名。有两个喜欢彩石的城里人，在一天的早上，各自背了一个背篓，上路了。

两个人走啊走，走了很久。把腿都走细了呢，把太阳走到了头顶，才到龙山。

彩石真多啊，五光十色，千姿百态。

两人就认真地拣。两人中一个年长，一个年轻。年长的叫你，年轻的叫我。

我从没见过这么多的彩石，高兴坏了。我欢呼着，拣了一块又一块。

一路拣下去，到太阳落山的时候，我拣了满满一篓。

可你却拣了一块。

其实你也拣了好多，也有满满一篓呢，可你把这些彩石都放到了一块，就在这么多的彩石中挑了一块，也就说是这堆彩石中最精美的一块。

咱们又在约定的地方会合了。你看我背了这么一满篓子，笑了。我看到你篓里只有一块，也笑了。

咱们两人就踏上归路了。那时，太阳快落山了。

你背着背篓轻松地走。一路上走得轻松从容，不急不躁。

可我却不行了。刚开始上路时还没觉着，走着走着就觉着了沉，觉得累。就跟不上你的脚步。我只好拣篓里不满意的彩石往外扔了。扔一块，我心疼一次。我就惋惜地对你说，你看，这块彩石多美啊！

你就笑。你就看着前边的路对我说，丢了吧，丢了就轻松了。

走了一路，我也就丢了一路。我就觉得这一路走得狼狈极了。回到城里时，我发觉背篓里只剩下可怜的几块。

我就望着你，你始终走得不紧不慢、悠闲从容。走了这么一段路，你没出一滴汗，不像我，出了一身。我羡慕死你了。我唯一感到欣慰的是，篓里剩的彩石比你的多。想到自己篓里的彩石比你的多，我心里好受了很多。

后来，咱们两人就背着篓子，各自回家了。

又过了很久。很久到咱们都老了，在一天的黄昏，是在一条小河边，咱们又相遇了。那时你领着老伴，老伴牵着你的手，你们在散步。你就看着我，我像只离群的雁，似只老鸵鸟。

我对你一笑说，活了这一辈子，累坏了，你看我背都驼了。

我就看着鹤发童颜的你，问，你为什么活得这么年轻呢？

你想给我说出原因。也许你觉得我理解不了你说的话，就问我，还记得很早以前咱们去龙山拣彩石吗？

我说，怎不记得呢！

你问，知道你的篓为什么沉吗？

我说，我拣得太多，背了满满一篓呢！

你又问，后来你为什么丢了呢？

我说太沉了，不丢，走不回家呢！

我说到这儿显得很惋惜，我说，那些石头太好了，我真不舍得丢啊！

你就笑了。你说太美的石头太多了，你都要拣着，这就是你活得累的原因啊！

我不明白。

你说，人来到尘世，就好比咱们去龙山拣彩石，一路上，各种欲望、名利就好比一块块光彩夺目的彩石。你不想放弃，所以你的背篓就越走越沉，越来越重。你也就活得越来越累，越不轻松。所以说，你走了一路，就累了一路，苦了一路。

我明白了。我就低下了头。我知道你说得太对了。猛地，我像想起什么似的问：你还记得你背篓里的那块石头吗？

你说，记得啊，那是一块很精美的石头啊！

我问，你那块彩石是什么呢？

你知道我为什么这么问。你就用手牵了一下老伴的手，给她理了理耳前的碎发。你说，那块彩石是爱情啊！

听到这儿，我哇地哭了。你就过来拍了拍我的肩，然后就牵着老伴的手，走了。

弯腰吃草

一只羊儿，白色的。领着只羔儿，也是白色的，在草丛中低头吃草。在饱她的奶。奶水足了，羔儿才能幸福地长。

那儿的草不肥，黄黄的，营养不良的样子。羊儿弯着腰。为了吃草，羊儿在很久之前就把腰弯了，把腰和腿索性弯成了直角。羊的头伸得很长，在草丛中找可口的草儿。羊吃得很认真，一口一口，嚼得很仔细，小女人似的。有蜻蜓站在一株草上，累得草一弯一弯挺着身子。蜻蜓瞪着双大眼睛，看着羊儿的嘴，一剪一剪的，草儿流出绿绿的汁。来来回回蹦跳着的蚂蚱知道：那是血。草的血。

羔儿不知道，蹦蹦跳跳的年龄里满是新奇，草儿是好东西，奶样的香。羔儿的唇嚼着草的绿，草的香。羔儿只有嫩嫩的唇，牙还软，叶上就残着羔儿的口水，有着羊儿的奶香。

羊儿默默地吃草，在这个日子，只有吃草才是她活着的全部。羊感觉有些累了，就慈祥地看着羔儿，羔儿在调皮，在撒欢。一条蛇蜿蜒而来，蛇是红色的，它被羔儿的欢乐感染了，也想来分享一下。可羔儿怕，慌慌地藏在娘的身下，只留下两只眼睛惊惊地望。蛇儿想，怕啥呢，咱们是邻居，就往羊跟前凑，吐着舌头想和羊说话。羊儿叫了一声，那叫声很严厉。那叫声是在说，你吓着我的孩子了！蛇儿想告诉羊，咱们住得很近的，羊却拒绝了它。羊说你走吧，我的孩子还小，怕你呢！蛇儿有点儿不想离开，蛇儿想，我没得罪你，干吗这么凶呢！羊儿不客气了，伸出了两只角，瞪着两只眼，眼瞪得很圆。蛇儿很生气，只好转过身，扭着她那女人一样的腰，一步三摆地走了。

羊儿用舌头轻舔着羔儿。羔儿偎在羊儿的怀里，羔儿满眼的恐惧。羊儿很爱怜地看着羔儿，羊儿看羔儿那咚咚心跳的样子，很心疼。

有风徐徐流来，水样梳着羊儿的毛发。羔儿渐渐忘却了刚才的恐慌，又幸福地玩去了。羊儿看着羔儿，羊儿很高兴。因为羔儿毕竟不再怕了。

天上有云在飘，白色的，一群一群的。羊儿抬头叫了几声。羊儿觉得很美，仿佛谁在天上牧着他们，让他们愉快地吃草。

吃草是为什么呢？是为了长肥长大。长肥长大是为什么呢？羊儿不敢想了。一想，羊儿的泪就要流。羊儿想，想那么多干啥呢？自己的先人不都是这样一步一步地走过来的吗？它们之中肯定有很多的智者，可最终怎样了？羊儿想，也许这就是人所说的"命"？羊儿信。

羊儿想，还是教羔儿怎么吃草吧！草是好东西，管肚子不饿，管自己长大。羊儿想，自己这辈子，也就是吃草的过程。有时羊儿就看着那些折腾的羊儿想：别能了，你比谁也高明不到哪去，别觉得一能就不是羊儿了，憨呢！

羊儿发现这儿的草吃得差不多了，便抬头喊了一声。牧羊的是个十二三岁的男孩，听到了，看了一下羊儿。男孩正在追着一只大蚂蚱。蚂蚱们惶惶地飞，鲜活了这块草地，使这块草地满是了内容。男孩手里拿着用草茎串着的一穗蚂蚱，就像田里沉甸甸的谷儿。羊儿又叫了一声。男孩这次仔细看了羊儿。男孩发现羊儿四周的草儿光剩下光秃秃的梗儿，梗儿硬硬地戳着天。男孩知道，该给羊儿换个地方了。

男孩又找了一个草茂的地方，比前块草地好一些。羊儿知道肚子没饱，便认真地吃。羊儿弄不明白的是，本觉得饱了，怎么一泡尿下去，肚子又瘪了。羊儿想，只要活着，就得不停地吃草，永远地弯腰吗？

男孩把羊儿拴牢又去追蚂蚱了。羊儿望着男孩，满眼的羡慕。羊儿弄不明白，他怎么就该牵着我呢？是因为我太温存了？
太善良了？羊儿想不通，难道善良就该被人用绳牵着过？就该被
人欺负？羊儿想不通。

　　羊儿想，这个造物主真是不公道。有很多的东西，从一出世
就注定了。抛开自己不说，就说地上这些开着红花、蓝花的草儿
吧，长在这儿，碍着谁了？却要被嘴巴吃掉。也是很残酷的，下
场也是很可怜的，羊儿的心颤了，就默默地对着草儿说：对不起
呀对不起。

　　羊儿觉得自己的肚子圆了，饱了。抬头望了一下太阳，太阳
活在西天上，像一个熟透的香瓜，熏得整个天地都金灿灿的香。
羊儿皱着鼻子嗅了几嗅，真美！

　　男孩跑了过来。男孩手里捉了几串蚂蚱，有大的有小的，还
有怀着仔儿的。蚂蚱串在草茎上，在做垂死挣扎。有几个把脖子
都拧断了，勇士一样死在男孩的脚下。男孩没有看到，只是牵着
羊走在回家的路上。男孩一边走一边想，让娘把蚂蚱用油炸了，
又是爹的一顿下酒菜！

　　羊儿匆匆跟着男孩走。

　　羊儿是不愿走进男孩家的。羊儿知道，男孩家有把刀子，很
长的一把尖刀，正灼灼放光呢！

我是谁

蚕逍遥

我是一只蚕。现在，我躺在蚕山上。蚕山是用麦秸或稻草编织的呈"W"状的物件，供我结茧的。我一边吃着桑叶，一边想着老食已吃完了，要开始吐丝了。静下来想想自己，好像生下来就为吃似的。从自己是一枚卵，通过光照（或在保温箱里经过恒温的）孵化成蚁蚕的那天起，就和桑叶结了缘，一辈子光吃桑叶，一直到吐丝。吃着吃着就明白了，我活着其实就是在做一件事，那就是吐丝。

为吐丝，我必须要做好一件事，那就是吃——吃桑叶。当然，吃，是为结茧。结茧，就是吐丝。桑叶是好东西，它不光能填饱肚子，给成长提供必需的养料，还能把自己的肚里东西都转化成丝的源泉，是个好东西啊！

我的一生也就是 50 多天。这短短的时间，就是我的一个时代。自己必须要经过从卵到蚁蚕，从蚁蚕到蚕，从蚕到蛹，从蛹到蝶的过程。蝶才是我的成虫，也是我的最后。想想我就笑了，笑自己，就这几天的光景，要走这么多的坎，受这么多的磨难，怎么这么像人生啊！

蚁蚕是我的幼虫（刚从卵中孵化出来的蚕宝宝，黑黑的像蚂蚁，身上长满细毛，故称蚁蚕），从蚁蚕到吐丝结茧要休眠 4 次，脱 4 次皮。这只是 25 天左右的时间，除了吃就是蜕皮，我不停地强壮庞大（据说一只要吐丝的蚕的体重是蚁蚕的一万倍），说起来这都是桑叶的营养啊！

我感觉老食吃得差不多了，前几天特饿，那个穿红衣的姑娘虽然一上午来喂好几次，可还感觉饿。我饿极了连桑叶梗子都吃了呢！后来，红衣姑娘嫌一个人择桑叶慢，就叫来那个叫闵凡利的，听说是个写文章的，一起去地里，砍来好多长满桑叶的桑枝，放到蚕箔子上。这下，我们可以大快朵颐了。当然了，我们除了吃就是拉，拉的都是没消化的杂质，剩在肚里的就是精华了。

那几天，我们发现闵凡利这个人没事常往蚕房里来，一来给我们喂食，二来呢，我发现这家伙的眼神很特别，说文一些叫暧昧，说土一些就是眼里面有个扒钩子，反正是特流氓。他看红衣姑娘时，眼里会伸出一只手，在红衣女孩的身上抚摸。后来我才明白，敢情这家伙喜欢上红衣姑娘了。这时候，我发现，闵凡利已和我一样，开始在心里孕丝了，当然，他孕的是情丝。

我记得那天我已停止进食，休了一天眠，刚爬到蚕山上。我要开始做我一生中最大的事——吐丝。吐丝就是把我们肚子里吃的桑叶精华吐出来。丝是桑叶的精华，是一种液体，出了我们的嘴就成了透明的线。我们越吐身子就越来越小，也越孱弱。为保护自己，我们先给自己用丝织一个壳，那壳好似蜗牛身上背负的房子，是我们自己的保护。吐丝需要两三天的时间，对我们蚕来说可是非常漫长。我一边吐丝一边想，难道，我们活着就是给自己织一个壳，把自己圈进去？就像你们人类，小时候拼命地学习礼仪道德，学习生存之道，实际上你们学的就是怎样把自己圈进去、怎样再把自己消耗掉的方法和技巧。

我吐丝的时候，一抬头看到闵凡利也在吐丝。当然，他是在给那红衣女孩。他给那个女孩倾吐情诗。在我听来，那是一种麻醉人的谎言。可那红衣女孩很喜欢，她听着闵凡利的情诗，脸上荡起红晕，那含羞的模样柔媚婀娜。我虽是一只蚕，可心里也有些痒痒的。

后来，我看到闵凡利去拉红衣女孩的手了。红衣女孩把手放到他手里，非常幸福，真令人羡慕。我就想，闵凡利这样的连个茧都不会结，就可以拉红衣女孩的手，亲近这个女孩的芳心。我为什么就不是人呢。如果我要是，不凭什么，就凭我结的这个茧，这女孩还不得对我投怀送抱？

唉，这就是命。我的壳越织越厚，渐渐地我把自己织进壳里。我把壳当成自己的家。当用最后的一根丝把家门堵上——喧嚣和嘈杂也被我堵在壳外时，我感到出奇的静。唉，劳累这么久，就为自己织一个壳。想想，很好笑。

再可笑，自己的路还要走下去，活到这份上，我知道，自己马上就要是一个蛹了。当然，我得脱下这又肥又大又松弛的外衣。脱下这外衣，我才是个蛹了。也就是说，我不停吐丝织壳，就为了把自己织成一个蛹。这是没办法的事，这是我必须要走的路，要翻的坎。就好比闵凡利后来和那红衣女孩结婚一样，他们组合了一个家庭，后来他们为孩子的事发愁，为柴米油盐发愁，为工作和人民币发愁，他们和我一样，也成了他们自己的一个蛹。

以后的路是什么呢？自己的这大半辈子，除了吃就是织个壳把自己圈起来，我究竟做了什么？仔细想，只做了一件事，吐丝——结那个把自己束裹起来的壳。我常常皱着眉头想，难道，这就是人生的目的？

再想想那个叫闵凡利的家伙吧。他开始是上学，后来又写了一些自以为能教育人的狗屁文章，其实是满纸的荒唐言。他本是农民，可不会种地，首先说他不是一个好农民。后来又当工人，可不会操作机器。后来当官，当着当着把自己当腐败了，当"双规"了并当进了监狱。从监狱出来后，开始想干些不出汗的活计，想来想去，想到了写文章挣钱。怀有这种心态的人，能写出什么锦绣文章？就算是好文章，连他自己都教育不了，还能教育谁？生在这个浮躁时代的人，哪一个不比他聪明？有时他还自我感觉良好。看看他周围的人，哪一个不比他虚伪？哪一个不比他张狂？哪一个不比他狠毒？

我虽是个蛹，可我很清醒。虽然我把自己圈起来。目的还是为了让自己走出这个壳。我虽是条虫，但我没忘，我是一只动物。

动物最终的目标是什么？那就是繁衍。想到这，已成为蛹的我豁然开朗：原来活着的目的在这儿啊！

我要好好在壳里修养调整自己。我知道，走进壳里还要把自己再走出来。一条虫能进壳不是本事，关键的是要从壳里飞出来。我就想那个叫闵凡利的家伙，光知道写，写那些只有几个和他一样的家伙叫好的东西。实际上，他的那些作品都是文字垃圾，在这个被称为地球的尘世上，一天能生产几列车。他还当宝贝似的，可笑极了！看到他如痴如醉的样子，我知道，他这是进入了写作的这个壳，没有从中走出来。

可我不能像他那么呆傻。上苍就给我这短短的 50 多天的时间，在这期间，我还有一件事情要做，无论如何，我要把自己化成蝶。

这是一个艰难的蜕变过程。这次的蜕变和前几次的蜕变不一样：那几次只是休眠一下，褪下自己那越来越小的外衣；而这次的蜕变是从一条虫向一只蝶、是从爬行向飞舞的转变，它是质的、是灵魂的。这次蜕变是漫长的，需要生命四分之一的时间，在茧壳里的时间里，我好好地思考了自己和今后的道路。我想到了飞翔。啊，那是多么充满诱惑力的景象啊。

为了飞翔，为了在天空展开自己的双翅，就是受再大的磨难，值！

我刚化蛹时，体色是淡黄色的，通体嫩软，渐渐地变成黄色、黄褐色或褐色，皮肤也硬起来了。经过大约半月的时间，当我的身体又开始变软、皮有点儿起皱并呈土褐色时，我就将羽化成蛾了。

这一次的蜕变让我历尽艰辛，当已成蚕蛾的我啄开茧壳从里面飞出时，你看到的将是一只飞翔的蝶。当然，我专门飞到了闵

凡利的书房，看到该同志正在书房里抓耳挠腮，在为一部作品人物的命运绞尽脑汁，在为那个故事的发展挖空心思。我知道，他这样的人，永远生活在他自己编织的茧壳里，走不出来了——

这时，身边飞过一只雄性蚕蝶。那是一只英俊的男性，是我心仪的王子，我知道，我得走向它。走向它，我才会交合，才知道交尾的欢乐，我的生命才会饱满，才会充满光彩——

几天后，我产下我的孩子，它们是比芝麻粒还要小好多倍的受精卵。它们静静地躺在一张纸上，看着它们，我清楚，我的使命完成了。当然，我的时代也终结了；当然，我也很累；当然，我真该好好歇歇了。于是，我闭上了眼，我看到了天堂——

蝶在舞

我是一只蝶。走向火焰是我一生的目标。我原是一个卵，父母交配完就把我种在一块长着水草的泥沼里，我就成了一粒种。和所有的兄弟姐妹一起，我在水中成长，后来，我成了虫。再后来蜕了壳，成了一只蝶。

后来，我的翅膀硬了，我就要做翅膀硬的事。首先，我得要找到我的根——就像一粒种子要找到土地、一块云彩要找到大海一样。我非常想见我的父母。一些和我一样在泥沼中出生的昆虫对我的想法嗤之以鼻，说我太温情太可笑，并说我们的父母把我们生下就丢在泥沼里，什么时候来看过我们、来问过我们？我说你们无情。我告诉它们，我们虽是昆虫，但是有情有义的。我们不能跟人学，人很多的时候翻脸无情，还虚伪歹毒什么的。我们要跟羊和乌鸦学，羊知跪乳，乌鸦知反哺，它们都是我们的榜样。好多昆虫面对我低下了头颅。我知道，它们心中柔软的地方开始了疼痛。

我就开始寻找父母，我跋山涉水，把翅膀飞得酸疼酸疼的，在许多好心朋友的帮助下，我终于见到我称之为父母的那对蝶子。

为了逝去的青春·

当我见到父母时，它们都在忙着做它们认为有意义的事。那天我刚飞到家，看到有好多的蝶子也都飞来了，我姑且称它们为我的兄弟姐妹。它们都飞绕在父母的身边。父母对我的到来没说什么，只是向我点了一下头，算是招呼，接着又忙它们的事了。它们的事说起来很简单，就是去邻居家祭奠一只扑火而焚的雄蝶。这是一只扑了几次都没有焚烧的蝶，因它扑向的都是隔着玻璃的灯泡。而这次，它扑向的是一个穷孩子的煤油灯。

穷孩子正在煤油灯下做作业，做得聚精会神。雄蝶趁穷孩子太用心的当口，一头扑向那盏灯火。先是翅膀着了，接着是腿脚，然后是身体。雄蝶的燃烧把穷孩子吓了一跳。当穷孩子回过神时，它已从灯上掉下来，躺在穷孩子的作业旁。穷孩子的字干净漂亮，一看就是个大学生苗子。它想告诉给穷孩子：你不久会是一个大学生。可惜，它的话穷孩子听不懂。还有就是，它想说，已说不出了。

这是深夜，雄蝶的死去没用多久就被别的蝶子看到。别的蝶子把这消息告诉给雄蝶的家人。雄蝶一家人听雄蝶死在火焰上，高兴坏了。在蝶氏家族里，能死在火焰里是一个蝶子的福，是八辈子修来的。所以当那只我叫母亲的蝶子听说雄蝶在开追悼会就忙着祭奠，连我这个亲生的儿子都不愿多亲热一会儿。在它眼里，我的存在，还不如一只死在火焰里的雄蝶的祭奠重要。我不知这是我的福，还是我的疼。

在和父母一起的岁月里，我才知道，作为一个蝶子，如能死在火焰里那是一种荣耀，是生命的一种永生。所以千百年来，飞蛾前仆后继扑向火焰，其实那是它们生命的一种尊贵，一种升腾。就像人在不停追求光明一样，死了，就是英雄，就是烈士，就是永垂不朽。只是，如今的蝶想死在火焰里非常非常艰难，因为人们都用上电灯，还有，每家的门窗都用玻璃封闭了，对蝶子们来说，简直是铜墙铁壁啊！

父母亲一边不停地给我们制造着弟弟妹妹，一边不停地给我

灌输"能死在火焰上是一种幸福，是生命最高升华"的理念。在和父母生活不长的时间里，我的生命里就只剩下一个追求：在火焰里永生是我的毕生目标。

我每天除喂饱肚子外就是盼望着天黑。天黑了，才会有灯光。有灯光才会有实现我们生命的燃烧。如今人们生活条件好了，家家都购买了空调。门窗在夏日比冬天关得还严实。每天在窗外徘徊时都看到我的好多同类，它们把两只眼睛等绿，也没有等到进入屋子的机会。更可恨的是，很多人家都买了"枪手"之类的杀虫剂，好多的蝶子在伺机等待的时候被杀虫剂击倒了。它们没死在火焰上，而死在杀虫剂的香味中。这就成了一个蝶子的羞。好比战士没死在战场上，而死在女人的肚皮上。耻辱啊！

我绝不做被杀虫剂的香味熏倒的蝶子。所以我眼观六路耳听八方。只要一看到那些个用双腿走路的人走向杀虫剂，我就赶快飞开。

后来我就急切地盼望停电，只要停电，人们一点蜡烛，我就有了死在火焰里的机会。还有，在不停的寻找中，我发现，农村停电的概率比城市多，有个五六倍吧。对于一个蝶来说，这就是命运。相对于人来说就是机遇。

我就进行了战略转移，从城市撤到乡村。游荡在乡村的天空里，飞舞在乡村的黑夜里。

在乡村，我来到一个叫闵凡利的窗下。我发现，他家里的灯比别的人家熄得晚。夏日一停电，这家伙就会打开窗口，就着蜡烛的光亮，光着膀子写一些他认为能感染人的狗屁文章，看他那正儿八经的样子，说不准一不留心就能获诺贝尔文学奖呢。其实在我看来，他的那些文章狗屁不是。可他很陶醉，每写完一段，就在那里摇头晃脑地读，老和尚念经一样，笑死我了。

（但说起来，对闵凡利这样的家伙来说，能有一个目标让他去奔，他以为是福呢！其实，活在人世的一些自以为是的人，哪一个不像闵凡利一样？）

是盛夏最热的日子，每天我都早早来到闵凡利这家伙的窗前。我等待着停电。那段日子，我天天念好多遍阿弥陀佛、念阿门、念无量寿佛。目的就是让电停了。一停电，闵凡利这家伙才会打开窗子，点起蜡烛。

俗语说，心诚则灵。这天，还真停电了。我就见闵凡利这家伙骂了一句脏话，接着点起蜡烛，打开窗子。机不可失，时不待我，就在闵凡利开窗的瞬间，我飞进他的屋里。

蜡烛的火焰跳跃着，欢快地舒展着身姿。闵凡利看样正写在兴头上，他用手刮了一把额头上花生粒子般的汗珠，丢在地上，然后又继续写他那不值一文的"经典"。这家伙写得很忘我，时而咬咬笔杆，时而双手托腮，呆头呆脑可爱极了。我常反思自己，我本是一个愚蠢的家伙，为追求生命的永生，傻傻地飞舞，蠢蠢地寻找这盏烛火，现在看来，闵凡利这家伙比我还可笑。

烛火在热烈地奔放着，用燃烧显示着它的光亮，显示着它不可一世的生命价值。看到火焰，我说不出的激动，我知道，我马上就要成为蝶氏家族的一个永生的英雄，成为我父母眼中的荣耀和自豪！

我在心里暗叹一口气，义无反顾地朝烛火扑去。没想到啊，没想到——这么蓬勃的火焰一下子被我扑灭了。黑暗中，我发现，我只是腿脚受了一点儿伤，伤虽不大，但很疼，钻心地疼。我躺在桌上呻吟着，听到闵凡利这家伙嘴里吐出一串的脏话，当然，脏话是骂我的。接着蜡烛被点着了。光明充满了所有的黑暗……

闵凡利看到桌上的我。我发现自己正躺在他的一纸文字上。他的那些文字好硬，石头似的，硌得我全身发疼。闵凡利这家伙伸手把我提起来，狠狠向地上摔去……

就在闵凡利摔我的那一刹那，我猛地发现闵凡利这家伙很像我。我想告诉闵凡利：你也是尘世的一只蝶……

可惜，我永远说不出来了……

苍蝇说

我是父母种在肮脏中的孩子。哪儿肮脏，哪儿是我们的家。当然，肮脏不是出自我们的手，是来自你们尊贵的人类。

我们在肮脏中茁壮成长。肮脏就是我们美好的家园。后来我就成了一只蛆。我吸收着肮脏里的营养。对于肮脏，我有着独到的心得。你们人认为的东西，对蝇类来说，有很多都是不确切，或者说不适用的。比如说肮脏，对你们来说那是一个讨厌的去处，烦心的地方。但对于我们，那是向往的世界。我们每时每刻都在幻想着，地球如果有一天能成为一个大垃圾场，大污秽地，那该是多美好的事啊！可这一天永远不会到来，因为你们不愿生活在垃圾中。还有就是真理。你们人类认为的真理，在我们看来是玩笑。说起来，你们人类对这个世界的认识还不如我们蝇类。就说时间吧，你们人类认为时间分过去、现在和未来，说通俗一点儿就是昨天、今天和明天。可我们不这么看，我们认为时间就是物质，就是一个圆。就像你们磨坊里拉磨的驴，每天都在周而复始着自己的轨迹。就像你们的人生。

当然了，我是一只有点儿思想的蛆。像我这样爱思考的在我们蝇类家族里比比皆是。我们蝇类是一个爱动脑子的物类。在这点上，我觉得比人类强。你们是贪婪和懒惰的群体。你们的知识少得可怜，现在，你们连自己"从哪里来，到哪里去"还没有搞清，你们还停留在"到底先有的蛋，还是先有的鸡"的层面。你们的大部分知识来自书本，可我们的知识来自思考。我听你们人常说"读书使人进步"，还有"读书是人类进步的阶梯"等等之类的话，真可笑啊！更有甚者说，"三辈子不读书，不赶一窝猪"。在你们的心目中，猪是最愚蠢的。我告诉你们：其实你们人想错了，猪是世上非常聪明的动物。就看你怎么去想他了。

当然了，我先是一粒种，后来成为一只蛆。蛆是蝇的幼虫。我的最后是一只英俊的苍蝇。我现在虽是只蛆，生活在污浊中，但我的心灵是清洁的。我的清洁就似你们人类常夸的那个周敦颐写的"出淤泥而不染，濯清涟而不妖"的莲。可你们人类不这样认为，你们太急功近利，我和莲同是从肮脏中出生的，你们给予莲的地位是在天上，给予我们的是什么？你们最清楚！

当然，这些都是实话，但实话说多了你们的自尊心承受不了。有时你们太可怜，也太孱弱，免疫力特别低，一代不如一代。说起来，发明创造能促进你们的生产力的发展，让你们更强、更壮、更智慧，可如今你们人类的发明创新却成了缠缚你们自己的绳索。比如说空调，因为舒适，它把冬天和夏日都变成一个季节。所以你们在冬天感冒，在夏日伤风。你们的身体虚弱极了，可怜极了，也可悲极了。

我的身体是很棒的。所有的细菌我都不怕。只要我飞翔起来，我就是一枚子弹，就是一架飞机。我飞翔在蓝天上，飞翔在你们人类的贪婪中，飞翔在你们制造的肮脏中。

我是在肮脏中成长起来的孩子，对龌龊和肮脏本能地喜欢。如果你们人类都纯洁干净起来，我们就没生存的地方。但人类往往只顾外表干净，有的外边穿着西装革履，甚至洒着香水，以示高洁和尊贵，可你们从不顾及内里和心灵。其实真正藏灰的地方是内心。只有把内心打扫干净了，你们才会永远洁净。可你们从不爱打扫自己的心田，你们的心里积存着很厚的灰尘。所以你们永远干净不了。

该说说我自己了。我现在已从蛆变成蝇，飞翔在茂密的树林里。我的周围是参天的树木和绽放着芬芳的花。当然，我很喜欢这些，这些东西赏心悦目，但不能当饭吃。我的饭食还在人们的龌龊中。

我一路上唱着歌，飞翔在奔向城市的途中。我知道，城市是乡村的孩子，是乡村哺育喂养出来的。可我对城市有点儿看不起，那就是，城市有点儿忘恩，丢了奶头就骂娘。他们反过来又厌弃乡村的贫穷和落后。狗都知不嫌家贫，可城市在这一点上连

狗也不如。

飞翔真是一件美好的事。我这才知道祖先为什么给了我们一双翅膀。给我们翅膀就是让我们飞翔。在飞翔的时候，我发现很多有意义的事，作为你们，认为是无聊的或隐秘的。我在一个城郊接合部的工厂的办公室里看到老板奸污了一个女孩。女孩身下流着血，嘴里在叫喊着，我发现很多人都听到了，但他们都很麻木，装作若无其事的样子，继续从事着他们的工作。我狠狠地用腿踢了一下那个老板。女孩哭得伤心而无助，我俯身尝了女孩的血，血很红，是撕裂的鲜血，非常的腥。我美美喝饱了肚子。唉，说实在的，真该感谢那个老板！就因他的撕裂和强暴，我才吃饱了肚子。

后来我继续飞。当然是朝城市飞。现在我已进入城市。城市的外表虽看着干净敞亮，实际上它比乡村肮脏多了。看看城市的下水道，哪一个不比乡村的脏？

我现在正趴在一个公司董事长的窗口上。董事长的窗口封闭得很好，我们进不去。虽进不去，可我们喜欢趴在他的窗口上。因为在这儿能看到很多阴谋之类的东西。我以前对阴谋不理解。通过趴董事长的窗口，我明白了：阴谋就是几个人做一个套或几个套，让另外的几个人钻；或几个人合伙挖一个陷阱，让另外的几个人往里走。我看到董事长正和几个人低头在做套。这一次他们不知在套谁。不知又是哪个倒霉蛋跌进他们的陷阱。说起来，谁跌进与我有什么关系？我是一只蝇呢！

我在一个垃圾桶里睡的觉。后来被几个捡垃圾的扒拉醒了。我想骂他们几句，但我就着月光看到这几个人都是乡下人，就没把肮话说出口。唉，他们怪可怜的，不像我有翅膀，又不像董事长那样会做套给人家钻，只有靠捡垃圾过生活。说起来，他们和我一样，也是靠肮脏为生的。他们看到垃圾的那种急切和欢喜，和我们蝇类的表情是一样的。

我不想打搅他们。他们是靠着垃圾养家糊口呢！我轻轻飞开了。飞着飞着，我闻到血的腥甜味。哎呀，太香甜了。我像一个酒鬼向着浓郁的酒缸奔去。

血的味道是从一个豪华的房间里发出的。我看到一个男人正在用面巾纸擦拭着一把水果刀上的血。男人一边擦一边自言自语：叫你离婚，你偏不离。我叫你再缠着我！男人说这话时有点儿幸灾乐祸，好像在说着一件与他无关的事情。我忙爬上去喝那个女子的血。那个女子的血闻着香，可喝起来却非常苦。我不知这是怎么回事。

那个男人看到了我，他讨厌我，想用手拍我。我轻轻一躲飞了起来。我知道，这个男人看着飞扬跋扈，可他马上就要完了。因他的手上沾了血。

第二天，我看到这个城市到处都是身穿白大褂、身背消毒器的人，原来这个城市在创建卫生城，在开展一次灭苍蝇的卫生运动。看到他们这么郑重其事的，我真的很想笑。

我想告诉可爱的人类，想消灭我们并不难，只要你们内心干净了，我们苍蝇马上就会绝迹，在这个星球上消失。可遗憾的是，因你们有欲望，所以你们的心灵永远也纯洁不起来。

阿门！

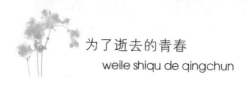
让狼舔舔你的手

那是 20 世纪 70 年代的事了。

我在东北的一个深山老林里伐木头。那时，伐木头不像现在，什么样的都伐。我们是先到林子里去，拣那些大的，粗的，够年岁的，快要枯的树伐，只有这样，我们才能保证森林的年年葱郁，才能保证森林不被破坏。我们是伐木三组，3 个人，有我，李建国，张太平。张太平是我们 3 个人中岁数最长的一个，我们都叫他老张。老张是猎人出身，会做夹子什么的捕兽器，常捉一些动物添补家里。李建国岁数比我小，二十三四岁，我称他为小李。小李可听我的话了，让做什么他就做什么。可巧，那段时间老张回关内老家了，我们这组就剩下我和小李了。这一天，我和小李正拉着树，猛然听到一只狼的嗥叫声，声音很凄惨。我和小李就停下手中的活，朝着叫声搜寻过去。结果发现一只狼被老张的捕兽器夹住了。狼在哀嚎，看到我们，眼里露出了凶狼的光。从狼那不停滴流的乳汁上我们知道这是一只正在哺乳期的母狼。母狼显得很焦躁，对着我和小李狂嚎，那嚎声里充满着无限的仇恨。

小李看着母狼那越鼓越大的奶头说："哥，这可是一个母亲啊！"我也看到了母狼的奶水在不停滴淌，就对小李点了点头。小李说："哥，老张这次回家不知什么时候回来，这只母狼如若没人处理会被饿死。"我说："是的，饿死这只狼没什么，可它的那一窝小狼崽也就会都饿死。这可是一死就是几个生灵啊！"小李见我这么说，知道我也在为那几个小生灵担心，就和我商量。我们两人当即决定了一件事。就是这件事，改变了我们两人的一生。

我们当时商量决定：一定不能让这只狼饿死，救活这个狼家庭！

我和小李跟着老张学了一些看足迹找猎物的常识。我俩就跟着这只狼的足迹，费了九牛二虎之力，终于在一个大枯树洞里找到了狼穴，将5只可爱的小狼崽抱到了母狼的跟前喂奶，以免饿死。小狼崽还没有睁眼，母狼看到我们抱着的是它的小狼崽，简直像要疯的一样，我们忙放下小狼崽，小狼崽听到母亲的叫唤，忙向母狼爬去。母狼把爬到自己跟前的小狼崽都弄到自己身下的奶头上，那种温存和耐心，真的让我们好感动。多幸福的一家啊！可是，现在母狼却身在险境。小狼崽看样是饿了很长时间了，不一会儿就一个个吃得肚子滚圆，母狼的奶子也就瘪了下去。母狼不能去寻食，又不让我和小李靠近它给它松夹子，怎么办？为了母狼有充足的奶水，我俩把吃的都省出来给母狼。母狼因被夹子夹住，没自卫能力，为防止别的动物来侵袭它们一家子，我和小李就在母狼附近搭了个窝棚，看护着这个狼家庭。

刚开始给母狼喂食的时候，母狼非常不友好，它龇着牙对我们发威，不许我们靠近。过了四五天，母狼看我们没有恶意，态度就比以前好多了，不对我们龇牙了，我们去给它喂食时，它眼里的光柔了很多，仇恨也淡了很多。又过了两天，母狼眼里也没有仇恨了，一见我们就像家里的狗一样给我们摇尾巴了。我们知道，我们已经获得母狼的初步信任。母狼先是小摇，又过了三四天，只要一看到我们，就开始使劲地摇了。我们知道母狼现在已是完全信任我们了，允许让我们靠近它了。只有靠近母狼我们才能把它解救出来。我们就是这样取得了母狼的信任，近了母狼的身给它把夹子松开的。获得自由的母狼先把自己那5个崽逐个舔了个遍，舔得那个亲，让我们两人很感动。接着母狼走到我和小李的身边，围着我俩转了一圈，然后伸出了它那毛涩涩的舌头舔了舔我的手，又去舔了舔小李的手。之后，母狼在我们跟前躺下

了，我和小李看到它的伤腿都有些溃烂了，我俩又给母狼的伤腿上了药。看着我和小李给它上药包扎，母狼这时眼里的光都是感激了。

过了几天，母狼的伤腿好了。那一天，我知道母狼就要离开了，因为一清早，它就出去了，没过多大一会儿，它衔着一只野兔回来了。接着它又衔回了一只小野鹿放在了我们的窝棚旁。看到这两只野物，我就对小李说："母狼看样子要离开我们了。"小李看着野兔和小鹿点了点头。这时，听到我俩回来的母狼从我们给它搭的窝里出来了，身后跟着它的那5个早就睁开眼的小狼崽。母狼领着它的5个小崽子围着我俩转了三圈，接着仰起头长嗥了一声。这一声，我虽然不知道母狼说的什么，但我能感觉得出，这是母狼对我和小李说出的它最最感谢的话，它是在用这种方式来表达自己的感激。之后，母狼就带着狼崽走开了。母狼一边走一边频频地回头，在母狼回头的时候，我发现母狼的眼里竟有点点的泪花——后来，母狼的泪花常常开在我的生活里，它那涩涩的舌头舔我手的感觉时时让我感动和温暖，那温暖是信任的温暖，那温暖是真诚的温暖。也就在狼舔我手背的时候，我知道了什么是真诚。就是狼的那一舔，影响了我一辈子。我时常在想，如果我们能做到让狼能舔你的手，还在乎得不到真诚吗？

活鱼的水面不结冰

入了冬，我很少赶集，我们这儿的集说起来就是一处农贸市场。有的地方说场，有的地方说圩，我们这儿说集市。后来嫌带着个市拗口，就干脆把后面的市省略了，叫集了。

集是老集，年代很久了，具体起于什么年代，也无从考起了。集在我们村的西面，10 天 4 个。

恰巧数九的这天，妻子要烙煎饼，早早地就去打糊子了。糊子就是把花生、黄豆、小麦一起放到电磨里加水磨出的浆。妻子在走之前安排我：我分不开身了，你去赶集吧，这两天，宝刚想吃鱼，你看着买一条吧。宝刚是我的小儿子，今年才 5 岁。

领了老婆的"圣旨"，我不可怠慢，急匆匆地来到村西的集市。天虽冷，人还是不少，大家都急急惶惶地购买着自己需要的物品和蔬菜。我首先来到了鱼市。

鱼市上的人不少，摊点也比平时多了几家。因为再过几天就是冬至了。冬至在我们这儿叫"数九"，是进入真正冬天的开始。俗语说：一九二九不出手；三九四九冰上走；五九六九，抬头望柳；七九六十三，路上行人把衣搬；八九七十二，耕牛遍地是；九九八十一，家里送饭地里吃。九九复九九，麦子入了口。我们这儿有在数九喝羊肉汤的习惯，还有女儿给娘家送羊腿的习俗。现在羊肉贵了，很多女儿就买黑鱼替代，表示个孝心。

我在一个摊点前站住了。因为这个老板卖的鱼都是活鱼。买鱼我一般都是买活鱼，死的白送也不要。我看中了一条白鲢鱼，是里面活得最欢的一条，也是里面最大的一条。一称，3 斤半。好，就这条！

我把鱼拎回了家。老婆看我买了这么大的一条鱼，忙把她洗衣服的大铁盆端了出来。我把鱼忙放了进去，鱼儿也许是在方便兜里憋屈的原因，入了大盆，一个翻身，用尾巴啪啪地拍了拍水，就钻进水里，舒展着自己了。

看着鱼儿的游动，我的心禁不住地抖动起来。鱼啊鱼，你知道我为什么买你回家吗？就是因为想吃你的肉啊，吃了你，我和我的孩子们才能身体强壮，脑筋灵活，才能有更多的精力去做一些我们自认为有意义的事。

鱼是不知道我此时的心理的，只是在水中来来回回地游动，快乐而幸福。在这条鱼身上，我看到了从容和平静，坦然和热爱。

快要入九的天，作为我们鲁南的天气来说，已要到滴水成冰的时候。中央电视台天气预报说今晚将有一场寒流从北向南，影响我国东南部。受其影响，我处的降温达到 8 摄氏度。也就是说，明天我们这儿的温度最高也就零下六七摄氏度了。

不到晚上，我就觉着冷了。赶紧躺到被窝里看书，看着看着，我竟睡着了……

等我醒来的时候，天已大亮了。老婆早就起床了，正在做着她揽的一些加工的活计。

我忙穿衣起床。当打开屋门，一股寒流扑面而至，我激灵灵地打了个冷战。妻子说，多穿点衣服吧，今天特冷。

我只好又加了件厚线衣。走出屋门的时候心里才感觉到有底气。是啊，夏和冬是气候的两个极端，是对人自身物质和体能的两个挑战，只要能把这两个极点跨越，四季就不在话下了。

外面是白茫茫的一片，好像下了一地的雪，我知道，那是霜，是湿气遇冷而显现出的状态。脚下的土路铁硬铁硬的，有着金属的质地，完全失去了母亲般柔性的亲和力。我知道，这一切都是寒流的缘故。这是没办法的事。

所有的水都结冰了，很多的生机都在冬日里低下了他们不可一世的头颅。面对大自然，所有的生机都只有叹气，我就想大自然的强大，我们谁也抗拒不了她。在大自然面前，人真是太渺小啊！

我猛然想起了昨天买的鱼——那条在水盆里欢腾的鱼。在这么冷的漫漫长夜里，一定会被冻死的啊！

我忙向盛鱼的水盆走去，水盆在自来水龙头旁。水龙头已经冻住了，再也流不出一滴水了——只流着一段长长的冰凌，要用水只好用开水烫了。几个有水的盆里也都结着冰，可有鱼的那个例外。水还是像昨天上午那样清澈着，一点儿冰凌也没有。鱼儿在自由自在地游，很欢实，欢得一个水盆里都是生机了。

我真的很惊喜。这个盆里的水怎么没结冰呢？我问妻子，妻子看了一眼鱼，说：还作家呢，这一点翘头都看不出来？因为这个盆里有鱼，你看鱼的这个欢腾劲，水面能结冰吗？

妻子一语道破天机。是啊，无论一个人或一个家庭，只要充满活力，充满激情，即使是再严寒的季节，自己的"水面"也永不会结冰！因为，你的活力融化了寒冷！

173

给儿子买鱼吃

儿子最喜吃鱼，特别在上了幼儿园后，就更爱吃了，因为幼儿园的阿姨常交代他们要多吃鱼和蔬菜。并说蔬菜富含维生素，多吃身体会健康，少生病，不会吃药和打针；鱼呢富含磷，多吃对大脑发育有好处，聪明。对蔬菜，儿子不是多喜欢；可是对鱼，儿子非常爱吃。我呢就常常地买，为儿子呢！

可老婆最不喜欢吃鱼。不是不爱吃，而是因为鱼儿的腥味，再加上杀鱼时弄得到处血迹斑斑的，好几天散不去。我买鱼一般都是让卖鱼的给收拾好，到家用水一洗直接放锅里就得了。

前几天，儿子跟我赶集，在鱼摊前蹲住了，儿子被水中那些游动的鱼的优美姿态吸引住了。因为儿子有好长时间没吃鱼了，我早有买鱼的打算。那次，鱼呢我没让卖鱼的给收拾，过了秤就和儿子用方便袋拎着活鱼回家了。

那是几条草鱼，在水中悠闲地游，它们根本没想到被我买了意味着什么。儿子每天放学回来就蹲在水盆前，看鱼。有一次，儿子仰着向日葵一样的脸蛋问我，爸爸，鱼儿为什么要在水中呢？

我告诉儿子：鱼儿是在水中生存的动物。就像人在空气中生活一样，水就是鱼的空气。鱼儿离了水就像人离了空气，是不行的。儿子似懂非懂地点了点头。

儿子接着说，爸爸，你看它们游得多欢啊，它们快乐吗？我说，快乐，不然它们就不会这么欢快地游。这么欢快地游就说明它们很高兴，很快乐！我绕口令似的说了这几句，其实是等于没说。儿子没注意到这些，只是把头趴向水面，把屁股撅得像要倒茶的壶。我问儿子你在看啥？儿子说，爸爸，我在看鱼是怎么笑的。

我说你看到了？儿子说看到了。儿子用手指着其中一条灰鳞的鱼儿说，爸爸，刚才就是这条鱼在一个劲地笑。它是被另一个伙伴挠的。我问怎么挠的？儿子说，刚才那条鱼一个劲地用头撞灰鱼的胳肢窝。伙伴们一挠我的胳肢窝我就笑，这条鱼和我一样，也一个劲地笑。你看，它现在还笑呢！我说我怎么没看到？儿子说，怎么会看不到呢？它正笑得快喘不过气呢！我问你从什么地方看到的？儿子说水泡泡啊。你没见灰鱼一个劲地吹泡泡，它那是笑得上气不接下气啊！

我被儿子的想象打动了。我说是的，你说的灰鱼的胳肢窝在哪呢？儿子指着鱼底下的鳍根处说，就在那儿，说着用手指了指自己的腋窝说，它那儿就和我的这儿一样，很怕挠的！

我说是的，是的。儿子像想起啥似的说，爸爸，咱们还吃它们吗？

我说你不是最爱吃鱼吗？

儿子说不杀它们好不好？

我知道儿子又要撒娇，忙说好好好，爸爸听你的，不杀它们，给你养着，养得大大的。

儿子高兴地拍起手，说爸爸真好，爸爸真好！说着在我脸上亲了一小口，然后就和来喊他玩的伙伴们去疯了。

儿子走后妻子就吩咐，让我快点把鱼收拾了给儿子做鱼汤。妻子说，再养几天，鱼就会瘦得光是刺了，快点杀吧！我说我答应儿子不杀它们的。妻子说，真是死脑筋，下集再给他买就是。我一想妻子说的有道理，就照妻子说的做了！

鱼炖好了，满院的清香，我刚把鱼盛好放到桌子上，儿子满头大汗地进家了说，我饿死了饿死了，就忙端过盘子吃鱼。边吃边说，太好吃了！儿子看样是饿急了，连手也没顾上洗，狼吞虎咽、风卷残云似的，不一会儿就把一碗鱼和汤吃完了。他摸了摸

像小西瓜一样的肚皮，然后像想起什么似的问：爸爸，我吃的是鱼吗？

我点了点头。儿子忙跑到水盆前一看，见里面空空的，哇的一声哭了。儿子说，你答应过我，你不杀它们的！我说，你不是吃得很香很好吃吗？儿子点了点头，说，那你也不能说话不算数啊！

我正无话可说，妻子过来了。妻子说，爸爸买鱼就是给你吃的呀，你不吃鱼，你的营养就跟不上，你就成不了聪明的孩子。再说了，鱼生下来就是给人吃的。你就是养得再大也得吃啊！

儿子不解地问，鱼能不被人吃吗？

妻子说不能。人就得吃它们。谁让它们吃不了人呢。吃不了人的东西都得被人吃掉。人吃了它们才能长大，才能强壮，才能聪明。就像你，你看你多聪明啊！

儿子自言自语：怎么会这样呢，怎么会这样的？

我知道儿子为什么这么说。我也知道妻子的话说得太残酷了。孩子还小，他承受不了这些的。我只好对儿子说：孩子，你还小，你长大就明白了。

儿子听到这儿叹了口气。我纳闷，问他小小年纪叹什么气，儿子说：我要是永远长不大多好啊。我问为什么？儿子说，我就永远不会明白你们大人所说的话了！

儿子的话让我的心一颤。孩子啊，其实爸爸和你一样，也是永远不想长大的啊！

最爱就是"逃跑"

这是好伯给我讲的一个故事。

是 20 世纪 60 年代初期的事了。有这么一对夫妇，他们都是地质勘探工作者。他们非常恩爱，常常形影不离，在一块做勘探。中国的东南西北，都被这对夫妇的足迹踏遍了。所以，他们夫妇一直到了 35 岁才结的婚。为了能和丈夫天天在一起，妻子在生完孩子的一个月后就跟着丈夫又踏上了勘探之路。那时，我们国家建国没多久，还属于一穷二白，这对夫妇为了给国家多寻找矿藏，让我们的国家尽快地繁荣富强，可谓是披心沥胆，不辞劳苦。他们不分黑白，踏高山，穿森林，足迹遍布了中国的每一个深山密林。

有一天，这对夫妇为了寻找新的矿藏又走进东北的一处高山。山上密布着森林，森林里虎狼成群。这对夫妇走着走着就和伙伴们失去了联系。好在这座山他们在一年前踏过，也就没当回事，只是想着在天黑之前赶到营地就行了。这对夫妇就紧张地投入到了勘探工作中去。从树影里筛下的阳光，这对知道已是下午了。他们在这儿勘探出了一座铁矿，若开采，那将是一座大铁矿，在当时，我们国家的钢铁有很大一部分是靠进口的。夫妇两人为今天的发现高兴。他们决定把今天的结果尽快地告诉给大家，好让大家高兴，好让祖国高兴。于是，他们收拾好机器就开始返回了。可当夫妇两人爬过以前他们走过的那个小山坡时，顿时呆住了：在他们的前面，有一只老虎正对视着他们。老虎的肚子瘪瘪的，看样子是有几天没打着食了。老虎凶猛地看着他们两人。他们夫妇身上只带着一点儿机器，没带猎枪什么的，因为

他们勘探的有专门持枪的，可他们与他走丢了。他们两人光仗着以前来过，熟悉这儿，也就把保护他们的持枪人不在身边不当回事了。如今，老虎在前面虎视眈眈，逃跑是不可能的。夫妇两人脸色煞白，他们对视了一下，只好一动不动地看着老虎。老虎也站着，一动不动地看着他们。就这样僵持了不知多少时间，是老虎打破了这个僵局，老虎向他们走来了，走了几步，老虎就小跑了。在这时，妻子想到了丈夫。因为丈夫是她的最爱，是她遇到的最优秀的地质勘探工作者，是中华人民共和国最年轻的地质勘探专家。不论怎样，为了自己，为了孩子，为了国家，自己都应该牺牲。于是妻子就慢慢地向老虎走去。丈夫想拉妻子，没有拉住。就在这时，那个丈夫突然对妻子喊了一声，就自个独自地跑开了。奇怪的是已经快跑到妻子跟前的老虎突然改变了方向，向那逃跑的丈夫追过去。不一会儿，就听见从丈夫逃跑的方向传来了惨叫声。后来那女的哭着平安地逃了回来。

当好伯一停下话头，我说了声活该。我说天底下怎么还有这样的男人！好伯等我们发泄完了问：你知不知道那个丈夫喊的是什么？我们说：老婆，我先逃了。好伯摇了摇头。我又说：老婆，你往另一个方向逃。好伯也摇了摇头。我说：老婆，对不起，我会年年给你烧纸的！

好伯把头摇成了拨浪鼓。好伯问我：你知道老虎的特性吗？我摇了摇头。好伯说：你们都说错了。那个男的对他妻子喊的是：照顾好孩子，好好地活着！说到这儿，好伯眼里涌出了泪。那泪很浑很稠，盈在了他那深如古井的眼里。我很愕然，好伯知道我的心思，他接着说：知道动物园里为什么人们常常往老虎园里扔活鸡活兔吗？我说：那是锻炼老虎的野性。好伯说：在那种特殊的情况下，老虎绝对只攻击逃跑的人。这是它的特性。最后好伯说：那一对夫妇就是我的父亲母亲。在生命攸关的时刻，我的父亲就是用这种逃跑的方式表达了他对我母亲的真爱和最爱。请问：在那种最危险的时刻，世上还有什么方式比"逃跑"更能表达最爱的呢？

　　我摇了摇头说：没有。世上真的没有！因为那"逃跑"就是最爱啊！

　　我亲爱的你啊，为了你的爱人，快用"逃跑"向她（他）表示你的爱啊！

丢不开手中的那粒果

那是前段时间的事。我的一个官场上的朋友突然给我打来电话，说想见我。我说你可是好久没有跟我联系了，他说是的。我说我又不是总统主席的，想见你就来吧。他说好。接着就打的过来了。

这个朋友原是一个局的副局长，我们原来是很好的文友，后来他弃文从了政，我呢，还是写我的破文章，交往就不如以前多了，但时不时的还联系。有时像做梦似的给我来个电话，说正和谁谁谁在哪里喝酒呢，一提就提起你了。还有一次，他从广东给我打来了电话，说正和一个老板谈投资项目呢。老板有文学情节，爱看小说，知道你的大名呢！我说你替我谢谢人家。这年月如果还有人看书，那这个人不是人精就是疯子。但老板看书，可就不能等嫌视之，绝对是一个可圈可点的人啊！

朋友是从一个农民起步，一步一个脚印走上来的，没有后台没有银子，全是靠的能力，混到如今。能混到副局长，在我们这个小县城，也算是个人物了。平时挺着个小将军肚，很有成就感的。但我这人有个臭毛病，就是不喜和官人们打交道，特别是不喜和在任上的官人打交道，但落魄的我还是愿交往的。因为他们是失落的人，需要安慰的人。

看得出来，朋友受了很强大的刺激。来到我处，就是光吸烟，一颗接一颗地吸，不一会儿就把我的屋子吸得硝烟滚滚。朋友为什么这样，我也没问，他想让我知道的一定会给我说的，不然，你问也问不出什么的。这个道理，我还懂。

晚上，我本想光做点晚饭吃不喝酒的，朋友不愿意，非要

喝。我虽然不能喝，但也只好舍命陪君子。朋友喝着喝着就喝
多了，就说他的疼与痛。原来这次我们市进行调整，按他的能
力和威信，本来他们局的局长该退了，局长私下和在公共场合
说过很多次他退了就让我的朋友顶上来。再说了，朋友在局里
是二把手，理该也是他。可这次调整的结果一公布，原来他们
局排在最后的那位当了一把手。可朋友恰跟他又不多融洽，新
上任的局长一组阁就把朋友弄了个闲职，朋友那个气啊，就请
了病假。

　　我原以为是什么大事呢，一听是这么回事，就觉得朋友有点
儿小题大做。朋友问我：难道这个不是大事？我说作为你是大
事，可作为我却是小菜一碟。我告诉他，人活着什么都要看开，
有些岗位让你干有让你干的道理，不让你干有不让你干的原因。
什么事都要随缘的！

　　朋友听了我的话没言语，我知道他心里有想法，还有一些是
不服气。官场上的人我见得多了，都觉得自己是普天下最优秀
的，哪有几个是很清醒的？朋友的那点小心胸，我再看不透，我
还写什么东西？回家卖红薯去了！

　　这时我的手机响了，是猎人王打来的，问我明天有空吗，跟
着他去龙山捉能猴去。

　　猎人王是我的一个很好的朋友，住在龙山脚下，以打猎为
生，且他最会捉能猴。能猴是龙山上专有的一种猴子，特聪明，
像下套子、挖陷阱之类的根本捉不到它。但猎人王捉能猴是一
绝，只要想捉，没有他捉不到的。好多次我问他到底是用的什么
办法，他都是对我一笑，什么也不说。只是说，有机会，他会带
着我一起去捉。

　　我问猎人王还要我带什么吗？他想了想说，你就带一大瓶的
那个香槟吧，咱们多长时间没在一块喝酒了，好好喝一下。

　　第二天我和朋友一大早到超市里买了香槟就骑着摩托到了龙
山。从我这里到龙山有一个多小时的路程。现在又都村村通公路

了，很好走的。猎人王正在家里等着我们。他老婆正在用油锅炸花生豆，没进家门我就闻到花生的香味了。猎人王说，咱们到山上喝酒去，我让你嫂子准备点下酒的菜。没多大会儿，嫂子给我们准备了4个菜，我让官人朋友拿着菜，我扛着小炮弹一样的香槟，猎人王两手空空在前面领路，我们就上龙山了。

爬了两个多小时，我们又累又饿，这时到山半腰的一个比较宽敞的地方，猎人王看了看树枝和地上丢的一些野果说，这个地方是能猴经常出没的地方。并告诉我们，市动物园给他说几次了，要给他们捉一只能猴。他一直没给捉，这不马上到暑假了，动物园催得急，只好今天请我们一起来捉了。我们能帮你什么？他说，什么也不要帮，只要陪我喝酒就中，咱们只要把这一大瓶香槟喝了就算帮他的大忙了。我们又饿又渴，就打开香槟喝起来，香槟哪是酒啊，简直是红糖茶，没多大会儿，就被我们喝了个底朝天。猎人王接着又变戏法似的从口袋里掏出3瓶红星二锅头，说，没喝足再喝这个。我们就一人一瓶地又喝起来。喝着喝着，猎人王好像想起什么似的说，对了，你们先喝，我去办点事，说完拿起我们喝空的香槟酒瓶，抓起一把油炸花生，到一边去了。猎人王没过两分钟回来了，我们就又接着喝。我们正喝得兴高采烈的时候，忽然听到不远处传来吱吱声，就听猎人王说捉到了，起身就朝发出声响的地方跑去。不一会儿，就见猎人王牵着一只小猴过来了，猴子的一只手伸在了我们刚刚喝空的香槟酒瓶里，紧紧攥着拳头，就是不松手——

我们都很纳闷，猎人王到底是怎么抓到能猴的？猎人王说，抓能猴其实非常简单，第一能猴最爱吃花生，还有一样就是，只要是它手抓到的东西，就永不会松手。我呢就把花生果放到酒瓶里，然后把酒瓶用两块大石头固定住，能猴闻到酒瓶里有花生果，就努力地把手伸进瓶里，去抓里面的花生，它的手臂很有伸缩性，手会很容易进入瓶内，只要抓住花生，它就不会松手，就是人捉住它了，它也不会松手的，你们看！我们仔细看了，能猴的小手攥得真的很紧——因为它手中正攥着一颗或几颗让它一辈子都吃不到的花生果。

　　看到能猴那紧紧攥着的手，我的官人朋友的脸唰地红了。在回来的路上，他偷偷告诉我，其实那个能猴就是他啊！

哭　佛

很久很久以前，有一个和尚，想成佛，于是，他修身养性，参禅悟玄。悟了很久，所获了了。和尚明白自己：一辈子只是当和尚的料了。

和尚就哭了。和尚哭得很伤心，泪也就流得很凶，像现在的自来水，哗哗的。大约流了两水缸吧，也许还多，和尚的泪流干了，和尚心里好受了很多，也明白了好多。那时和尚不想成佛了，和尚很开心。

后来，和尚成了佛。

500 年后，有个叫闵凡利的同志看三维立体画。别人两眼一斗，画就立体了。他们看得兴致盎然，热火朝天。闵凡利这个同志也想看，无论他怎么斗眼，三维画他只看到了一维。闵凡利就开始怀疑自己了：莫非患有眼疾？到医院检查，大夫曰：两眼视力均是 150 度，何患之有？闵凡利不相信，问大夫：眼若无病，三维为何只见一维？大夫回答不上来。

闵凡利就亏。亏着亏着泪就流了。开始少，后来就凶了。闵凡利同志就开始恨三维画，就想扔掉那本三维画。可奇迹出现了：闵凡利看到了一个崭新世界，是立体的。闵凡利这家伙高兴极了。他又重新斗眼，可立体世界却无声无迹了。

闵凡利就明白了，从此不再看三维画。

可后来闵凡利这家伙一闭眼就能看到立体画，真是怪事。

又过了 500 年。也许还久，闵凡利的曾曾孙当了一个地方不大不小的官。这孩子一心想当个好官，想对得起 500 年前的曾曾祖父那个叫闵凡利的人物。这孩子一心一意地当官，可官却当得很狼狈。当地的老百姓都骂他，骂了他祖宗八代，没有骂到闵凡利。闵凡利很庆幸。

有一天，佛光临了闵凡利曾曾孙的住处。佛说，孩子，你的烦恼我知道。那孩子一听，就忙给佛叩头。佛说，你不是当官的料。但你既选择了，这就是缘。于是佛给那孩子说了了却烦恼的妙法。那孩子听后眉头皱紧了，不作声。很久，才说，他考虑考虑。

三日后，那孩子找到了佛。佛问，你考虑好了？那孩子点了点头。佛笑了。佛伸手从那孩子怀中掏出一样东西。是心。

佛说：烦恼皆由心生。从此，你可了无烦恼了。

果然，那孩子没了烦恼。官也当了很大，很好。当地的老百姓皆称闵大清官。